雷格讲诗

如何读懂·
读不懂的现代诗

雷格/著

北京联合出版公司
Beijing United Publishing Co.,Ltd.

多么好。被选择歌唱,

你就是一粒幸福的尘埃,

一粒不同于其他尘埃的

尘埃。在百万年前幽蓝的凝视里生根。

在百万年后幽蓝的凝视里开花。

——雷格《歌唱》

花园茶会

编辑： 雷格老师，关于现代诗，有一些基本问题想跟您聊一聊。
雷格： 好啊，哪些问题呢？

编辑： 比如我们现在为什么需要现代诗？或者大家还需不需要现代诗？
雷格： 回答当然是肯定的，毕竟我不能砸自己的饭碗，对吧？（笑）要回答这个问题，首先要回答我们需不需要诗。诗歌是所有文学体裁里最古老的，几乎伴随人类文明发展全过程，直到今天也没有消亡，这说明我们还需要诗。每一个时代的诗都传递了那个时代人们的心声，我们身处现代，自然需要传递现代人心声的现代诗。

编辑： 读现代诗有什么特别的好处吗？我们的古诗已经足够辉煌了。
雷格： 古典诗词的确非常辉煌、非常完美，也构成了中国人的文化底蕴和审美方式的基石。不过，古典诗词有它高度程式化的一面，大都是在严格的格律限制下写山水、田园、边塞、闺怨，还有文人士大夫之间的交游这些内容，用来处理我们在现代社会的生活，多少会有一些"隔"。但这也正常，古典诗词本来就是农耕文明的产物，是和农耕文明的生产生活方式相匹配的。要想理解我们的时代、我们的处境，品读现代诗恐怕更为贴合。

现代商业社会讲求效率，但也容易带来焦虑和恐慌，其病根就在一个"快"字上。臧棣说过"诗歌是一种慢"，所以现代诗就是专治"快"病的一服良药，甚至会在某一刹那让我们不由自主地停下来，通过沉潜，回归生命的本真，回归内心的丰盈。

编辑：可有些外国现代诗并不好懂，我们为什么还要读它们？

雷格：的确是这样。不光外国的现代诗，其他现代艺术，包括音乐、绘画、戏剧，都存在不好懂的现象。问题是，这些现代艺术已经成了我们文化语境的一部分，比如戴望舒翻译的洛尔卡、冯至翻译的里尔克、穆旦翻译的奥登，他们的现代诗已经成了中文世界的经典。

现代诗之所以不好懂，有几个原因。首先是语境问题，中国读者读外国诗，自然会有人生经历、文化背景的差异。其次是语言问题，不同语言之间的移译会因为语序、节奏和表达习惯上的差异造成一定的理解困难。最后是诗歌技法的问题，诗有诗的逻辑和表现手法，轻实证而重想象，轻说明而重呈现，轻明示而重隐喻；如果心怀读菜谱的期待去读诗，自然会受挫。要想理解和欣赏现代诗，的确需要一个过程，况且读不懂也是诗歌的魅力之一。（笑）

编辑：所以您才会写这本书给读者做导游。对于初读现代诗的读者，您有没有简单而有效的建议？

雷格：读一流诗，读源头诗，读原型诗，这一点古今没有不同。南宋的严羽在《沧浪诗话》里也说，要"悟第一义"。像这本书里提到的雪莱、狄金森和波德莱尔，都是源头性诗人。

编辑：这本书讲了三十位诗人的故事和作品，您是以什么标准选择的？

雷格：我选进本书的这三十位诗人肯定都是现代诗人中的翘楚，都是一流诗人。我把他们放到五辑里，目的是帮助读者从不同角度进入现代诗的世界，从而理解什么是现代诗。第一辑"诗歌　柔软却有力量"，大致相当于现代诗的本体论。第二辑"诗歌　向着独立而生"，大致相当于现代诗的认识论。第三辑"诗歌　观照世界的眼睛",大致相当于现代诗的方法论。第四辑"诗歌　游走在自由与反叛之间",大致相当于现代诗的风格学。第五辑"诗歌　人生的镜像",大致相当于现代诗的发生学。我相信读完这三十位诗人的故事后,读者就会对现代诗的版图有个基本的概念了。

编辑: 雷格老师,您要对跟随您前往诗歌的秘密花园的读者们做个提醒吗?

雷格: 那就说说我在《诗歌的秘密花园》的前言里提到的"四个信任"吧。第一,要信任诗人。他们并不是什么异类,跟你我一样有血有肉,食人间烟火,他们是在和我们一起探寻精神生活的无限可能性。第二,要信任文本。不要纠结于字词,而是要找到那种调子;调子对上了,意思会迎刃而解。也许换一时间、换一种心境,就能读懂它了。第三,要信任自己。每个人对诗歌的感受与评判都是独一无二的,读诗的过程也是重新赋予诗歌生命的过程,哪怕是误读,也是在让它生长和复活。第四,要信任诗歌。诗歌显然长于我们每个人的生命,长存于人类的精神中,就像大海,总会捧出珍珠,又总有新的诗人、新的作品像新的河流一样注入,永远在丰富中。其实无论什么时候,我们没有诗也能活,但诗总是在那里,教导我们要真诚地、有诗意地生活。

目 录

第一辑　诗歌　柔软却有力量

01　诗人之心是永远不死的吗？　　　　　　002
　　雪莱的自由

02　如何跟我的灵魂说悄悄话？　　　　　　010
　　狄金森的灵魂

03　女神，为什么要将我还给世界？　　　　018
　　叶芝的执着

04　你爱故乡，故乡也爱你吗？　　　　　　026
　　曼德尔施塔姆的乡愁

05　望舒在西班牙的小酒馆听到了什么？　　034
　　加西亚·洛尔卡的忧伤

06　你愿意成为爱得更多的那人吗？　　　　046
　　奥登的良知

　　小结　　　　　　　　　　　　　　　　054

第二辑　诗歌　向着独立而生

07　丑的东西也能写到诗里吗？　　　　　058
　　　波德莱尔的城市

08　面对岔路，我该如何选择？　　　　　066
　　　弗罗斯特的乡村

09　让人读不懂的诗算是好诗吗？　　　　074
　　　艾略特的荒原

10　人生之旅最重要的是过程还是终点？　082
　　　卡瓦菲斯的挽歌

11　居然有诗人像孙悟空一样会七十二变　090
　　　佩索阿的分裂

12　对病榻上的父亲，我能说些什么？　　098
　　　狄兰·托马斯的疯狂

　　　小结　　　　　　　　　　　　　　104

第三辑　诗歌　观照世界的眼睛

13 诗歌里写的都是真的吗?　　110
史蒂文斯的虚构

14 随身携带《论语》的外国诗人是谁?　　118
庞德的庞杂

15 在黑暗中,我们会看到什么?　　126
博尔赫斯的幻想

16 我们眼中的世界是原汁原味的吗?　　134
阿什贝利的变形

17 诗人里,谁的脑洞开得最大?　　142
特德·休斯的童心

18 这个外国人写的诗怎么像唐诗?　　152
特朗斯特罗姆的迷醉

小结　　159

第四辑　诗歌　游走在自由与反叛之间

19	死于玫瑰是最浪漫的告别吗？ 里尔克的孤独	164
20	女神是怎样炼成的？ 阿赫玛托娃的高贵	170
21	除了谈恋爱，诗还能用来救命？ 聂鲁达的收放	178
22	为世界命名，诗人抢了谁的饭碗？ 帕斯的自信	186
23	畅饮阳光是怎样的滋味？ 埃利蒂斯的纯粹	194
24	你不在家时，你的猫在干什么？ 希姆博尔斯卡的克制	202
	小结	210

第五辑　诗歌　人生的镜像

25　我们如何学会原谅和宽恕？　　216
　　　 米沃什的真诚

26　平凡的我就不能讴歌平凡？　　224
　　　 拉金的平凡

27　诗集也能当战备物资？　　232
　　　 阿米亥的比喻

28　亲人，我能给你写首诗吗？　　240
　　　 希尼的亲情

29　社会寄生虫也是一种罪？　　250
　　　 布罗茨基的胸怀

30　两边都不带我玩，是我的错？　　258
　　　 沃尔科特的困惑

　　　 小结　　266

　　　 结语　　270

第一辑

诗歌 温柔却有力量

01 诗人之心是永远不死的吗?
雪莱的自由

> 他并没有消失什么,
> 不过感受了一次海水的变幻,
> 他成了富丽珍奇的瑰宝。
> ——莎士比亚《暴风雨》,雪莱的墓志铭

珀西·比希·雪莱
Percy Bysshe Shelley
1792-8-4 —1822-7-8

生于英格兰萨塞克斯郡霍舍姆附近的沃恩汉,英国著名作家、浪漫主义诗人,被认为是历史上最出色的英语诗人之一。其代表作有抒情诗《西风颂》《致云雀》,长诗《伊斯兰的起义》《解放了的普罗米修斯》等。他是不被故乡接纳的"预言家",在他的眼中,只要仰望夜空,是一定能看到星星的。

诗人不是异端，只是坚持思想独立

请大家一起思考一个问题：自己心目中的诗人是什么样子的？诗人和世界、和他身处的时代，又具有什么样的关系呢？在回答这个问题之前，我先给大家讲个小故事。

那是两百多年前的一天，在英国有名的伊顿公学里，有一个美少年在草地上读书。他正读得入神，一群纨绔子弟忽然把他团团围住了。他们把他逼到墙角，往他头上扔泥巴，撕坏他的衣服，掐他的胳膊，还把他的书一脚踢飞，再狠狠地踩到泥里。不过这个少年很倔强，无论这些人怎么欺负他，他就是不服软。他用深蓝色的眼睛狠狠地盯着他们，里面都是疯狂的火焰。这让那帮家伙感到一丝恐惧，于是很快就一哄而散了。

用今天的话说，这就是典型的校园霸凌。那么这个少年是谁呢？他又怎么会得罪这帮人呢？他就是英国浪漫主义诗人雪莱。

雪莱之所以会和这帮人结梁子，是因为他公开反对"学仆制"。什么是学仆制呢？简单地讲，就是学校里高年级的学生可以把低年级的同学当成奴仆来使唤，让他们给自己铺床、打水、擦皮鞋，不满意了还可以惩罚他们。原来的学仆升上高年级以后，又可以再给自己找一个学仆来欺负。

为什么会这样呢？因为当时的英国是个等级社会，不平等、不公正的现象都比较常见，所以连伊顿公学这种名校也会流行这样的恶习。

雪莱这个人虽然外表很柔弱，但他一贯坚持独立思考，不屈从于流俗，所以他坚决要求铲除这种人奴役人的"学仆制"。就是因为如此，那些纨绔子弟才会报复他、找碴儿整他，甚至给他起外号，叫他"疯子雪莱""不信神的雪莱"。说雪莱"不信神"，这其实是很恶毒、很阴险的做法，因为当时的英国几乎人人信教，说一个人不信神，就等于说他是异端、是危险分子，这很容易让雪莱成为众矢之的。

后来就是因为雪莱叛逆、拒绝同流合污，所以整个英国的上流社会都把他视作危险的敌人，合起伙来排挤他。

雪莱进入牛津大学以后，发表了一本小册子，叫作《无神论的必然性》，因为内容过于前卫，所以牛津大学把他开除了。后来他又发表了一首长诗，叫《麦布女王》，对英国社会的种种丑恶现象进行抨击，还把君王、教士、政客都称为摧残"人类的花朵"的凶手。因此，上流社会就造他的谣，往他身上泼脏水。英国已经容不下雪莱了，于是他只好流亡到欧洲大陆，去继续追求自己的诗歌理想。

雪莱早年的经历告诉我们，作为理想中的诗人，第一条可贵的特质就是一定要保持人格的独立，特别是思想的独立。

诗人是无冕之王，热爱自由

那么在雪莱心中，他为理想诗人的肖像画上的第二笔是什么呢？其实，是自由，还有对自由的无限热爱。

来听听雪莱的一首名诗《致云雀》里面的几句话吧。他说：

像一片烈火的轻云，
掠过蔚蓝的天心，
你永远歌唱着飞翔，飞翔着歌唱。

看，这只挣脱一切束缚冲上天空，自由翱翔、放声歌唱的云雀，正是雪莱为理想中的诗人所作的一幅画像——实际上，这也是他给自己画的像。

雪莱流亡欧洲大陆以后，仍然非常关注英国的现实问题。有一次，他的朋友皮可克在国内发表了一篇文章，文章中说，诗是最没有用的东西，诗人是幼稚的野蛮人，在科学昌明的时代，诗歌是完全可以被放弃掉的。这种论调其实不只两百年前有，就算在今天，恐怕也有好多人还是这么想。雪莱性格刚烈，于是就专门写了一篇文章来驳斥皮可克，文章的题目叫作《为诗辩护》。雪莱认为诗歌是非常神圣的，他甚至这么定义诗人，说诗人是世间未经公认的立法者。也就是说，雪莱认为诗人是无冕之王，诗人在世间享有无上的权力。

说到权力，雪莱是怎么看待权力的呢？他有一首诗叫《我不愿为王》，其中就专门谈到了这个问题。诗里边是这么写的。

我不愿为王：爱，已经足够
我苦恼；掌权的道路
从来险峻坎坷；何况还有
暴风骤雨君临在高处。

我们知道，很多人都对世俗的权力孜孜以求，无论付出怎样的代价，哪怕是出卖灵魂，也要削尖了脑袋往上爬。可是在雪莱的排序里，爱比权力重要得多。

更何况世俗权力还特别危险，今天你登上王位，说不定明天就被别人轰下去。但雪莱说得更形象，他说王位建在冰上，太阳出来一照，冰瞬间就会融化成水，即便得到权力了也会失去。这就是诗的写作手法。

这首诗比较有意思的地方在于它的结尾。雪莱设问了一下：如果一定让诗人做国王，他会怎么办呢？他是这么写的。

到它来时，我已远在他乡，
已在喜马拉雅山上牧羊。

原来，诗人根本就不会待在王位上，不会老老实实地就范，他早就很潇洒地飘然而去了。这首诗的立意很像裴多菲的那首诗："生命诚可贵，爱情价更高；若为自由故，二者皆可抛。"不过，雪莱写得又高远又俏皮，明白无误地表达了对自由的无限热爱。

诗人是敏感的预言家，领先于时代

雪莱流亡欧洲大陆，最大的一个收获是什么呢？就是找到了一个志同道合的好朋友——诗人拜伦。雪莱和拜伦在英国文学史上是齐名的大诗人，很像中国唐代的李白和杜甫。他们两个人都遭到英国社会的排挤，惺惺相惜，这段经历也有点像李白和杜甫。拜伦就说过，雪莱是他见过的最不自私的人，和他比起来，其他人都像野兽。

雪莱的好多名诗都是在这一阶段写成的，因为他们两个人互相促进，所以诗艺上不断得到精进。比如这一句：

如果冬天来了，春天还会远吗？

就是他的名作《西风颂》的最后一句。很多人对这句诗都很熟悉，但前后文是什么样，可能就不是特别清楚了。我们再把前面的几句连在一起读一下，感受一下那种磅礴的气势。

请把我枯萎的思绪向全宇宙播送，
就像你驱遣落叶催促新的生命！
请凭借我这单调有如咒语的韵文，

就像从未灭的余烬扬出炉灰和火星，
把我的话语传遍天地间万户千家！
通过我的嘴唇，向沉睡未醒的人境，

让预言的号角奏鸣！哦，风啊，
如果冬天来了，春天还会远吗？

这一段诗是雪莱对西风的嘱托。这里面的西风是一种自然的伟力，能够摧毁一切腐朽的东西。最重要的是，雪莱赋予西风一种预言的能力，并借着西风去呼唤一个更加美好的未来。

到这里，就要说到理想诗人的第三个特征了。一个理想诗人，他必须有非常敏感的天性。凭着这种敏感，他不光能够捕捉世界上的美，甚至能够对未来有所预见。

那雪莱所预言的未来是什么样的呢？他有一首长诗叫《解放了的普罗米修斯》，他在里面是这么描绘的：

……再没有
王权，自由而无所拘束的人类
从此平等，再没有阶级、部族、
国家，无须敬畏、崇拜、区别
高低，人人是主宰自己的君王。

他的预言有很多在今天变成了现实，还有好多没有实现的，就需要人们共同去努力了。

不过在雪莱生活的时代，他却得不到人们的充分理解，这是什么原因呢？简单来说，就是雪莱的思想超越他的时代太远了。

丹麦文学史家勃兰兑斯说过，如果一个领袖比他的时代领先二十步，那么群众肯定愿意追随他。可是如果他领先了时代一千步，那会怎么样呢？那群众就看不见他了；而雪莱就是那个领先了时代一千步的人。

诗人赤诚的心，是献给世界的

这位不朽的诗人，他的一生是怎么结尾的呢？

那是 1822 年的 7 月，在意大利，雪莱和朋友一起驾船出海，可是在夜里遇到了风暴，结果船翻人亡，两个人都葬身海底。这时候的雪莱，还不满三十岁。

又过了十多天，他的尸体才漂到海岸上。按照当地的法律，所有从海上漂来的物体都必须就地焚化。

因此，他的朋友拜伦，还有另外一个朋友，就在海滩上为雪莱举行了火葬仪式，而且用的是雪莱最喜欢的古希腊的方式——把乳香、酒、盐和油洒在柴堆上。

火葬以巍峨的阿尔卑斯山为背景，火焰熊熊燃起，升上了蔚蓝的天空。

传说中，就在这时候，发生了一件非常神奇的事情！雪莱的遗体大部分都被焚化了，只有那颗心——就是他那颗敏感而又独立的诗人的心脏，却完好无损。

雪莱的朋友特别激动，急忙把这颗心从灰堆里抢救出来，结果把自己的手都灼伤了。据说这颗心后来保留了很长时间，而且人们发现，它比我们普通人的心要大上一些。

诗人为世界创造美，到了生命尽头，还要把自己的心留给世界。他的心里一定充满了爱，这种最美好、最高贵和最伟大的情感，也是诗人身上最宝贵的地方。我每次读到这个故事，都会莫名激动。

在雪莱的墓碑上，刻着两个拉丁文单词，意思是"众心之心"。

最后特别说明一下，这本书介绍的大多是 20 世纪的现代诗人，那么为什么要把雪莱放在第一个讲呢？我是这么考虑的，虽然现代诗人在写法上、在情感表达方式上，已经和浪漫主义时代的雪莱有了一些差别，但他们的精神内核是一致的，甚至可以说是从雪莱传承下来的。

雪莱用短暂的、燃烧得特别充分的一生所勾勒出的诗人标准画像，和后辈诗人并没有本质的不同，所以我们开篇用雪莱为诗人树立一根时代精神的标杆。也许只要我们拨开诗歌形式上的迷雾，就能看到那颗像雪莱一样赤诚的心。

品读时间 | 最后，请读一读雪莱的诗《我不愿为王》，并且思考一下：诗人为什么不愿意做国王？让我们一起品读。

我不愿为王

作者：珀西·比希·雪莱
译者：江枫

我不愿为王：爱，已经足够
我苦恼；掌权的道路
从来险峻坎坷；何况还有
暴风骤雨君临在高处。
我不愿攀登那庄严的王位，
它建在冰上，幸运的太阳
到中午就会化冰为水。
去吧王位！可是我若为王，
烦恼也未必很快到来。
到它来时，我已远在他乡，
已在喜马拉雅山上牧羊。

02 如何跟我的灵魂说悄悄话?
狄金森的灵魂

> 假如我不曾见过太阳,
> 我也许可以忍受黑暗。
> ——狄金森《假如我不曾见过太阳》

艾米莉·狄金森
Emily Dickinson
1830-12-10—1886-5-15

美国传奇诗人。出生于律师家庭,受到良好的正规教育。她从25岁开始弃绝社交,在孤独中生活了30年,留下了1800首诗歌,但只有7首诗歌在生前发表。这位连走下楼梯都拒绝的"宅家女神"在孤独中写下的诗篇,是留给全人类的礼物。

她平淡生活中的重大决定

中国有句古训——"读万卷书，行万里路"，它鼓励人们除了要好好读书学习，还要多出门看世界、长见识，千万不要宅在家里。不过，我们要介绍的这位诗人是个十足的"宅家女神"，别说行万里路了，她甚至很少走出家门，真的是"大门不出，二门不迈"。可是，就在这狭小的生活空间里，她却写出了大量优美、深刻的诗，而且是原创性极强的抒情诗。

这个传奇诗人就是19世纪的美国女诗人艾米莉·狄金森。她是一个律师的女儿，一生未婚，一直住在马萨诸塞州的小镇阿默斯特，人称"阿默斯特的修女"。她的生活平淡无奇，最惊心动魄的举动要算她在25岁的时候做出的一个重大决定：从此闭门不出，杜绝一切社交，过隐居生活，专心写诗。

有人肯定会猜：她可能是一个性格孤僻、喜欢自我隔绝的老小姐吧？

这可错了。狄金森可以说是阿默斯特镇的一个社交明星，她多才多艺，而且很会讲笑话。她做的黑麦玉米面包，还在当地的农产品交流大会上得过二等奖。她总是烤一些好吃的糕点，从她楼上的窗口用吊篮顺下来，送给街坊邻居们品尝。

狄金森还是个园艺高手。她在给朋友的信中夸耀自己的花园漂亮，还说波士顿城里的花园肯定赶不上她的！她说："我在我的花园里边，感觉自己就是夏娃，也就是亚当夫人。"把夏娃说成亚当夫人，这是多么有创意的想法！

那她到底为什么要选择隐居呢？

有一个原因是在 19 世纪的美国，女性的社会地位不高，她们的人物设定只有一种，那就是贤妻良母。但这和狄金森对自己的期望是背道而驰的，她宁愿把自己封闭起来，与孤独为伴、与诗为伴，也不愿走这条老路。

另外一个原因，恐怕读者也能猜到，那就是她的感情生活不太顺利。她喜欢过的两个人，一个很早就去世了，另一个是有妇之夫，后来又搬到了别的州。她在将近 50 岁的时候，还被求婚了一次，但那段感情也无疾而终。

还有一个更深层的原因，就是她的隐居生活和她的诗是一体的。这些有限的生活空间和生活经历，都成了她诗歌的重要素材。她把生活过成了诗，又把诗转换成了生活。也就是说，她实现了生活的艺术化、美学化。

她的隐居生活是什么样子的？

那么，狄金森的隐居生活究竟是什么样子的？

她的隐居和中国诗人陶渊明，还有美国作家梭罗的避世隐居都不一样。梭罗在瓦尔登湖只生活了两年多时间。陶渊明呢？一边采菊东篱下，一边还用眼角瞥着官场。狄金森比他们彻底多了，隐居是她主动、理智的选择，她坚持了整整一生，不仅不见客，甚至连楼都不下，连房门都不出。

我想，这恐怕是因为她对自己的处境、自己的孤独有着非常清醒的认识。就像她在一首诗中所说的：

我是无名之辈！你是谁？

她还说：

做个，显要人物，好不无聊！

那狄金森是怎样和外界保持沟通的呢？写信。

狄金森酷爱写信，到了什么程度呢？她有个闺密叫苏珊，是她的知音，有的时候她也叫苏珊"苏姐姐"。苏姐姐后来嫁给了狄金森的哥哥，成了她的嫂子，两个人住得门挨门，见面就更方便了。但即便这样，她还是会给苏姐姐写信。这就好像我们今天和朋友聚会吃饭，可是在饭桌上谁也不看谁，全靠微信沟通。

不过，狄金森的信可不像在朋友圈点赞那么简单。她的好些诗都散落在她给友人写的信里，有时候一首诗就是一封信，或者谈得兴起，就随手写上几行。只是这样一来，狄金森一生到底写过多少诗，就不好准确统计了。那她存世的诗有多少首呢？告诉你吧，整整1800首！在她创作最高峰的1862年，她居然写了366首诗！平均每天一首，真是个创作力惊人的诗人！

但这1800首诗，生前公开发表的只有区区7首。

狄金森作为一个诗人，的确像她自己说的那样，是个"无名之辈"。关于她的诗歌成就和价值，人们的认识一直不能统一，有人说她被高估了，有人说她被低估了。要到20世纪很晚的时候，人们对这一点才没有任何质疑——那就是，她是现代诗歌了不起的先驱。因为她和我上文介绍过的雪莱一样，也是一个遥遥领先于自身时代的诗人。

有人会问，怎么每个大诗人都领先于时代啊？这个和诗歌本身的特点有关。艺术贵在创新，而在相对篇幅比较短、内容比较浓缩的诗歌那里，对创新的要求就更高了，最优秀的诗人多少都有对新时代的敏感、对创新的自觉。

她诗歌的创新在哪里？

那狄金森的创新表现在哪里呢？

首先，从题材上说，她的诗超越了任何限制，什么都写。她既写生活情趣、自然景致，也写爱情、信仰、友谊、死亡，把它们当成自己精神的栖居地。所以读她的诗，我们不会觉得是大约两百年前的古人写的，倒更像当代诗人在替我们抒情。

比方说她有一首诗写下雪，通篇不用一个雪字，而是信手拈来，打了一大堆可爱的比方。她这样写：

它从铅筛筛下—

给所有的树木扑粉。

用洁白的羊毛

填平道路的皱纹—

她写上帝，就不像其他人那样诚惶诚恐，而是直接把上帝从天上拉到自己身边。她有一首诗，写篱笆那边有一颗草莓，她很想吃，可又怕爬过栅栏去摘草莓会把围裙弄脏，上帝一定会因此骂她。写到这儿，她笔锋一转，写道：

哦，亲爱的，我猜，如果他也是个孩子—

他就会爬过去，如果，他能爬过！

这个想法既调皮又大胆,似乎对上帝很不敬,带有一种调侃的态度,但是离今天的我们很近。这其实与她的宗教观有关,她是家中唯一不信教的,因此能够理性而又轻松地看待宗教。

其次,她在诗的形式上有很多的创新。举一个例子:大家但凡看到一首诗,诗行的末尾拖着一条条短横,就可以断定这是狄金森的诗。这条短横是狄金森首创的,也成了她的标签。可别小瞧这条短横,它既给了诗歌节奏中必要的停顿,还带有延展性,会让人觉得诗句好像没有结束,还有更多言外之意。

最后,狄金森和她的前辈诗人、同代诗人相比,给了灵魂更多的关注。这是因为她的生活圈子相对狭窄,总是自己与自己为伴,但这反而使她有了更多的机会反复与自己的灵魂进行孤独的对话,探寻灵魂的秘密。

她有一首名诗,叫作《灵魂选择自己的伴侣》,她是这样写的:

灵魂选择自己的伴侣,
然后,把门紧闭——

这时候,灵魂是高傲的、独立的,它关上门的举动并非被动的自闭,而有一种主动的选择。这和狄金森在生活里的选择是一致的,就是所谓的"选择'不选择'"——"不选择"也是一种选择。这很像道家主张的"无为"。因为这种高傲和独立,灵魂才敢于说:

发现车辇,停在,她低矮的门前——
不为所动——
一位皇帝,跪在她的脚下——
不为所动——

当然,灵魂也是孤寂的,它只有在面对死亡时才会求得圆满。就像狄金森在另一首诗里写道:

死亡是一场对话,进行

在灵魂与尘土之间。

所以说,狄金森与灵魂的对话是深入的、通透的,她真正洞悉了灵魂的秘密。用美国文学批评大家哈罗德·布鲁姆的话说,就是:"狄金森是凭着自己的独立思考,把一切全都想透了。"

品读时间 最后,请你读一读狄金森的短诗《灵魂选择自己的伴侣》,并且思考一下:灵魂"像一块石头"是一种怎样的感受?让我们一起品读。

灵魂选择自己的伴侣

作者:艾米莉·狄金森
译者:江枫

灵魂选择自己的伴侣,
然后,把门紧闭——
她神圣的多数——
再不容介入——

发现车辇,停在,她低矮的门前——
不为所动——
一位皇帝,跪在她的脚下——
不为所动——

我知道她,从人口众多的整个民族——
选中了一个——
从此,封闭关心的阀门——
像一块石头——

03 女神,为什么要将我还给世界?
叶芝的执着

> 对生活,
> 对死亡,
> 投上冷冷一眼,
> 骑士啊,
> 向前!
> ——《在本布尔本山下》,叶芝的墓志铭

威廉·巴特勒·叶芝
William Butler Yeats
1865-6-13——1939-1-28

爱尔兰诗人、剧作家和批评家,著名的神秘主义者,是"爱尔兰文艺复兴运动"的领袖,也是阿贝剧院(Abbey Theatre)的创建者之一。叶芝既是情场失意者,也是笑傲诗坛的常胜者。

超越自卑，成长为民族文化的代言人

有一首歌很受欢迎，叫《当你老了》："当你老了，头发白了，睡意昏沉。"这首歌想必大家都听过。这首歌的歌词就是根据爱尔兰大诗人叶芝的诗改编的。这一辑就给大家带来诗人叶芝的故事。

叶芝在现代诗的历史上一直享有崇高的声望，诗人艾略特认为他是"我们时代最伟大的诗人"。1923年，叶芝获得诺贝尔文学奖，颁奖词里这样说：

用"伟大"一词来概括叶芝这一生的工作，是一点也不过分的。

让我们来看看叶芝最初是怎样走上诗歌创作道路的。

其实，叶芝少年时代之所以开始写诗，并不是因为他有多么多愁善感，有多少心里话要说；他写诗，完全是为了找回自信。

叶芝于1865年出生的时候，他的祖国爱尔兰还不是一个独立的国家，还处在英国的统治下。他的爸爸是一个不成功的肖像画家，在他三岁的时候带着全家移居大都会伦敦，追求自己的绘画理想，就像今天的"北漂"一样。叶芝也在伦敦上了小学。

他的学习成绩怎么样呢？相当一般。在一份他的成绩单上，老师的评语是这样写的："表现平平。拉丁语成绩较为突出。拼写极差。"原来大诗人也曾经这么悲摧啊。可是谁也不是天生的圣人，谁还没有一段黑历史呢？

叶芝本人也感觉挺挫败的。本来他就是从爱尔兰来的外地人，同学经常给他白眼，看不起他；偏偏他自己学习成绩不争气，别人知道的事情他都不知道；再加上他爸爸当画家又赚不来钱，家里很拮据，所以他特别自卑、特别苦闷。

不过，他偶然发现了自己有写作的才能，因此特别高兴，就开始拼命地写诗，希望靠这个来赢得同学们的钦佩和友谊。

就这样，叶芝开始了自己的写作生涯，并且逐渐超越最初的自卑，产生了艺术的自觉、文化的自觉和民族精神的自觉。他不再为自己写诗，而是写出了爱尔兰民族的风物、人情、梦想与渴望，甚至成为爱尔兰民族文化的代言人。

爱尔兰人也衷心地感激他、尊重他。我举一个例子：叶芝功成名就以后，有一次去爱尔兰乡下考察，见到一个工人的妻子，她带着四个孩子，穿着节日的盛装迎接他。这个工人的妻子对孩子们说："等你们长大了，有了自己的孩子，要告诉他们，你们曾经见到过这个人。"

"我拒绝了你，但把你还给了世界"

可即便叶芝有诗为伴，也不意味着他的经历总是一帆风顺的。就像大多数人一样，叶芝一生中也要面对很多的坎坷和挫败。其中最大的挫败就是他的感情生活——这是一场持续了一生，却求之不得的苦恋。

有的读者可能知道，叶芝的恋爱对象就是爱尔兰女演员、革命志士茅德·冈，也就是《当你老了》这首诗的女主人公。

叶芝和茅德·冈的初次相遇是在1889年，当时叶芝24岁，茅德·冈23岁。茅德·冈到叶芝家拜访，她站在窗前，身旁盛开着一大团苹果花，而她光彩夺目，仿佛自身就是洒满了阳光的花瓣。叶芝无可救药地爱上了她。他在回忆录里说："我从来没想到过，在一个活的女人身上能够看到这样超凡的美，这样的美本来是属于名画、属于诗歌、属于一个过去的某个传说时代的。"他还说："我一下子就理解了，为什么我们形容一个女子的时候，会说她的步态好像女神。"

但是叶芝当时很纠结，也有点儿自卑，所以一直没敢对茅德·冈表白。直到两年半以后，他收到茅德·冈的一封来信，误以为她是在暗示自己什么，才鼓足勇气，兴冲冲地向她求婚。结果是，他被当头浇了一盆冷水——茅德·冈拒绝了他。她说，自己要把一生献给为爱尔兰争取民族独立的事业，根本不打算结婚。

被拒绝后，叶芝痴心不改，后来又4次向茅德·冈求婚，但都失败了。最后一次求婚时，他已经52岁了，算是明知不可而为之的最后一搏吧。

那么，如何理解叶芝和茅德·冈之间的关系呢？

叶芝把茅德·冈奉为女神，这个是毫无疑义的。而对于茅德·冈来说，叶芝就相当于一个知己。他们保持了一生的友谊，还是工作上的合作伙伴：叶芝曾经担任爱尔兰民族戏剧协会的主席，茅德·冈是副主席；叶芝创作的好几部戏剧，都由她主演。不过从男女关系的角度看，茅德·冈觉得叶芝身上"女子气"比较重，并不是她理想的终身伴侣。

但这不意味着茅德·冈不认可叶芝的才华。她在晚年给叶芝的一封信中曾经说过："我拒绝了你，但把你还给了世界。"

这表明了她对叶芝艺术成就的充分认可。也就是说，她虽然不愿意嫁给他，但也像我们一样，喜欢读他在绝望和痛苦中写下的那些优美诗篇，并且认为那是属于整个世界的宝贵的艺术和文化遗产。

始于怨恨，却终于伟大的爱

叶芝一次次求婚被拒，这让他的自信心很受挫。我们也能够理解，这一场没有结果的苦恋在他的诗歌中占有多么重要的地位。叶芝是一位自传性的诗人，所以他把自己对茅德·冈的激情、爱恋和怨恨都写进了诗里。可以说，即便那些不是专门写给茅德·冈的诗，也能从里面隐隐窥见茅德·冈的影子。

当然，叶芝了不起的地方是，在抒发这种寻常的情感时不走寻常路，写出了新意。比如这一句：

你在我心中开了一朵玫瑰花。

他如果说"你是我心中的一朵玫瑰花"就很普通了，未必会打动我们；但他说的是"你在我心中开了一朵玫瑰花"，同样的意思，换了个谓语，女主人公的形象马上就鲜活了。万般柔情浓缩成一句，让我们的心柔软。

还有这几句：

有一天她向我心中窥望，

看到你的形象在那里，

她走了，哀泣而去。

这里边有个故事。叶芝追求茅德·冈不成，为了走出这段感情，就又交了一个女友，就是小说家奥利维亚·莎士比亚。但两人交往一年多就分手了，因为这个女友伤心地感觉到，茅德·冈还牢牢地占据着叶芝的心，里面根本没有自己的位置。这首诗就是写那次分手的。可以仔细体会一下，在这里叶芝用了另外一个技巧，就是角度的变换。他在里面引入了那个女友的视角，一下子就丰富了诗的表现力。

再说一说《当你老了》这首诗。很多人喜欢这首诗，甚至把它奉为史上最美情诗，完全被征服了。那么这首诗的魅力到底在哪里呢？我的理解是，因为它用完美的艺术形式写出了一种复杂的感情——始于怨恨，却终于伟大的爱。

首先，之所以说它复杂，是因为它并不是单纯地倾诉爱意，而是从怨恨开始的。叶芝写这首诗的时候大概26岁，正好处在他求婚被拒后最痛苦的那一段时期，所以怨恨是它的基调。

其次，它有一个完美的艺术形式。但这并不完全是叶芝自己的功劳，因为这首诗是一首仿作。叶芝模仿的是16世纪法国诗人龙沙的一首诗，名字也叫《当你老了》，也是写给一个拒绝自己求爱的女子的，大意是：当你老了，在炉火旁回想起自己青春时骄傲地拒绝了龙沙，一定会感到后悔，那还不如把握住现在，及时采撷生活里的玫瑰。叶芝模仿龙沙，站在前人的肩膀上，又远远超越了前人。

最重要的是，叶芝的《当你老了》有更高远的立意、更开阔的格局。他让最初的怨恨和痛苦沉淀、结晶，最终升华为一种伟大的爱。就像他在诗里写的：

多少人爱你青春欢畅的时辰，
爱慕你的美丽，假意或真心，
只有一个人爱你那朝圣者的灵魂，
爱你衰老了的脸上痛苦的皱纹。

这种伟大的爱，不在表面的、暂时的美上停留，而是深入追求灵魂的理解和契合，表现为不求回报的执着与坚定。

国家不幸诗家幸，赋到沧桑句便工

但叶芝不只是一个情诗圣手，否则他就不是叶芝了。他受茅德·冈的影响，也积极投身爱尔兰民族独立运动。1916年4月，在爱尔兰的都柏林爆发了反抗英国统治的复活节起义，宣告爱尔兰共和国成立。但是起义很快遭到镇压，茅德·冈的前夫作为起义领导人之一被捕遇害了，她自己也被关进了监狱。叶芝虽然不赞同茅德·冈主张的暴力手段，但也被他们勇于自我牺牲的精神感动。他在诗里写道：

一切都变了，彻底变了，
一个可怖的美已经诞生。

叶芝不赞成暴力，那他孜孜以求的是什么呢？是爱尔兰民族精神的重建。他把爱尔兰的神话、历史和民间传说写到诗里，写到戏剧里，他参与创建阿贝剧院，发起爱尔兰文艺复兴运动。他还在临终时写下的诗里激励爱尔兰的诗人们"把诗艺学好，歌唱一切优美的创造"。

叶芝在政治上的努力其实也屡遭挫折，谈不上成功。但就像清代诗人赵翼说的："国家不幸诗家幸，赋到沧桑句便工。"叶芝在爱情和政治层面的双重失意，却是他诗歌的大幸。他伟大的诗歌成就，就来源于他生活的挫败，来源于他心灵的苦闷，来源于他理想的幻灭。这正是诗歌化腐朽为神奇的绝妙之处——痛苦可以成为生命财富和创意源泉。

品读时间

最后,请读一读叶芝的诗《当你老了》,并且思考一下:"朝圣者的灵魂"指的是什么?让我们一起品读。

当你老了

作者:威廉·巴特勒·叶芝
译者:袁可嘉

当你老了,头白了,睡思昏沉,
炉火旁打盹,请取下这部诗歌,
慢慢读,回想你过去眼神的柔和,
回想它们昔日浓重的阴影;

多少人爱你青春欢畅的时辰,
爱慕你的美丽,假意或真心,
只有一个人爱你那朝圣者的灵魂,
爱你衰老了的脸上痛苦的皱纹;

垂下头来,在红光闪耀的炉子旁,
凄然地轻轻诉说那爱情的消逝,
在头顶的山上它缓缓踱着步子,
在一群星星中间隐藏着脸庞。

04 你爱故乡，故乡也爱你吗？
曼德尔施塔姆的乡愁

> 他的遗孀在地球六分之一的表面上东躲西藏，
> 紧握一只翻炒着他的诗的长柄锅，
> 在深夜背诵下这些诗，
> 以防他们被手持搜查证的复仇女神抄走。
> 这就是我们的变形记，
> 这就是我们的神话。
> ——布罗茨基

奥西普·埃米尔耶维奇·曼德尔施塔姆
Осип Мандельштам
1891-1-15—1938-12-27

俄罗斯"白银时代"最出色的诗人，出生于波兰华沙。他的代表作为《石头集》《哀歌》《沃罗涅日诗抄》。他被逮捕过两次，长期被流放、居无定所，作品在苏联国内被长期封杀。直至今日，他的遗骨依旧长眠在无人知晓的地方，而他留下的诗歌已经成了全俄罗斯的骄傲。

他是"白银时代"的代表诗人

在讲第一个诗人雪莱的时候,我提到过雪莱之死。传说中,雪莱火葬的时候,他的心没有被烧毁,而且他那颗心比正常人的心要大。凡事有大就有小,这也是这个世界的神奇之处吧。

这一辑要介绍的这位诗人,他的心就特别小,小得不成比例,像个孩子一样。但就是这颗孩子般的心,让这位诗人承受了生活的所有苦难,同时也蕴藏着巨大的诗歌能量。

他就是俄罗斯"白银时代"的代表诗人曼德尔施塔姆。

什么是"白银时代"?"白银时代"是俄罗斯文学的一个繁荣时期,它是相对于"黄金时代"而言的。"黄金时代"指的是普希金、莱蒙托夫和屠格涅夫这些文学大家创造的一个文学时代,时间是19世纪。"白银时代"大概是19世纪最后10年和20世纪最初20年这么一个时段,在此期间,涌现出许多杰出的作家和诗人,曼德尔施塔姆就是其中最有才华,但命运也最为坎坷的一位。

他的傲慢,是诗歌的自尊和纯粹

为什么说曼德尔施塔姆的心像个孩子呢?

首先,曼德尔施塔姆在生活中表现得像个孩子。他这个人敏感、任性、神经质,喜欢吵吵嚷嚷,喜欢瞎胡闹。从形象上都能看出来,他老是倔强地昂着他的脑袋,像一只骄傲的小公鸡。

曼德尔施塔姆曾经因为写诗讽刺斯大林遭到流放。在流放地的时候,那儿的小男孩总喜欢围着他问问题。他们问他:"大叔,你是神父还是将军啊?"他心想,我现在这么落魄,哪儿像什么神父和将军啊?那些孩子就跟他说:"我们觉得大叔你是个将军,因为你架子特别大,老是翘着鼻子、昂着脑袋。"

这个故事很好玩，大家也能从中看出，曼德尔施塔姆这个人非常骄傲，甚至有点儿傲慢。有意思的是，他名叫奥西普·曼德尔施塔姆，我们在中文里面一简称，就成了"奥曼"——傲慢。

还有一个故事能够说明他的骄傲。他早年喜欢四处流浪，特别喜欢去南方。那时候正赶上苏联的国内战争，红军和白军交战，结果有一次白军把他当成红军的间谍给抓住了，关了起来。这时候他还特别张狂，大叫："赶紧放我出去！我天生就不是来坐牢的！"

曼德尔施塔姆的骄傲从何而来？我们通过他的两句诗来理解一下。他写道：

黄金在天上舞蹈——
命令我歌唱。

这个意象很奇特，也很震撼，让人一下子就能记住。"黄金"在他的诗里象征着美、高贵和纯粹；"黄金"在天上舞蹈，那就意味着对诗人的召唤，要求诗人放声歌唱。

曼德尔施塔姆实际上就是这样理解自己的使命的，他觉得歌唱就是自己的宿命，并且因此感到骄傲。曼德尔施塔姆的傲慢，从实质上说，就是诗歌的自尊和纯粹。

这一点，大家现在理解起来会有点儿困难：今天如果一个人喜欢读诗、喜欢写诗，他一般都会偷偷摸摸的，不愿意承认，怕人家笑话他。我的建议是，向曼德尔施塔姆学习吧，勇敢一点儿。

他的乡愁，是对世界文化的痴迷

曼德尔施塔姆这个人虽然表面上没什么深度，可是只要他一开始读诗、谈诗，就好像换了一个人，两眼放光、口若悬河，好像头顶罩着光环。

实际上，他的诗和与他同时代的诗人比起来，思想更加深邃、成熟，感情也更加充沛、深沉。

其中写得最好的一类诗，就是他对故乡彼得堡的眷恋。

他并未出生在彼得堡，而是出生在波兰的华沙，小时候跟着父母搬到了彼得堡。从此，彼得堡就成了他的故乡，同时也成了他精神的摇篮和圣地。

我们知道，彼得堡是彼得大帝仿照欧洲名城，在俄罗斯西北部的涅瓦河口建成的，城里的广场、街道、大楼、教堂，还有纵横交错的运河，比欧洲许多名城还雄伟、漂亮。还有，彼得堡曾经做了俄罗斯大约二百年的首都，也是俄罗斯的文化中心。

注：彼得堡，即"圣彼得堡"，俄罗斯第二大城市，1914年改称"彼得格勒"，1924年改称"列宁格勒"，1991年恢复原名"圣彼得堡"。

所以，曼德尔施塔姆对彼得堡的热爱，不只是对这里城市风光的热爱，更是一种对文化的极端痴迷。他认为彼得堡相当于欧洲文化的化身，就好像把古代的罗马搬到了俄罗斯。而他自己作为"文明的孩子"，其使命就是要写出一种"世界文化的乡愁"。他在诗里这样写：

自然就是罗马，罗马倒映着自然。
在透明的空气中，我们看到了
公民力量的形象。

我们能感觉到，曼德尔施塔姆把诗写得特别庄严。他把罗马等同于自然，就相当于把文明、文化摆在至高无上的地位。

再听听这两句：

而涅瓦河畔是半个世界的使馆，
海军部，太阳，静寂！

刚才是虚写文明，现在是实写彼得堡，仍然特别庄严，好像是在发表雄辩的演说一样。海军部大楼是彼得堡的一座标志性建筑，宽有400多米，尖顶有72米高，我们去圣彼得堡旅行时肯定不会错过它，而且一下子就能体会到那种庄严感。

曼德尔施塔姆痴迷文化，还有一个极端的例子。打个比方，假设你去绍兴旅游，有机会住在鲁迅故居，你肯定特别自豪，还会拍照片在朋友圈里晒一晒。可曼德尔施塔姆就不一样了，他的表现特别神经质。彼得堡郊外有个地方叫皇村，那儿的皇村学校是大诗人普希金的母校。曼德尔施塔姆曾经在这个皇村学校租房子住，可他老是觉得别扭，觉得压力特别大。为什么呢？因为普希金是他的偶像，他特别怕自己亵渎了这个神圣的地方，所以后来一找到机会，他就赶紧搬走了。

他的名诗，是一曲文明的挽歌

那么彼得堡在曼德尔施塔姆的诗里是什么样子呢？他有一首名诗叫《列宁格勒》，我觉得可能是他所有写故乡城的诗里面最深情的一首。彼得堡在历史上有过好几个名字，当时改名叫列宁格勒，现在则叫圣彼得堡。

曼德尔施塔姆非常热爱故乡城，却很难在这里待下去。为什么呢？因为他心直口快，容易得罪人。当时，秘密警察经常威胁他，文学圈子排挤他，作协也不给他分房子，所以他没办法，只好离开彼得堡去了莫斯科。后来，他又因为写诗讽刺斯大林而遭到流放，最后孤独地死在远东的海参崴附近的一个集中营里。从地理上看，海参崴是俄罗斯境内距离彼得堡最远的地方。他虽然热爱故乡，却死在了离故乡最远的地方，这真是让人十分感慨。

下面我们就来看一看，曼德尔施塔姆是怎样抒发这种乡愁的。这首诗是有一次他偷偷跑回列宁格勒时写下的。诗的开头是：

我回到我的城市，熟悉如眼泪，
如静脉，如童年的腮腺炎。

不愧是大诗人的手笔，他写回乡的感受的时候，没有用激情四射的语言，就是简单罗列了三样东西——眼泪、静脉和小时候得过的腮腺炎。三样东西组合在一起，一下子就唤醒了对故乡城的全部记忆，表达了自己强烈的感慨。

接着，他在这首诗里打了两个比方。一个是把涅瓦河边的路灯比作鱼肝油丸，还有一个就是把天上的太阳比作蛋黄。他在这里用的是暗喻或者隐喻的手法，就是不直接说路灯像鱼肝油，而是说：

快点儿吞下
列宁格勒河边路灯的鱼肝油。

想象一下，彼得堡的冬天特别冷，把路灯放进寒冷的彼得堡灰蒙蒙的天空里，多像鱼肝油丸啊！还有，他要吞下路灯的鱼肝油的那种急迫，也特别像一个游子回到故乡以后贪婪地呼吸故乡的空气。

接下来，他发出了一声悲愤的呐喊：

彼得堡，我还不愿意死！

这个有点突兀，他为什么要提到死呢？这实际上说明，他凭着诗人的超级敏感，预感死亡的阴影一直在跟随着他。他在诗的最后一节写到了这种死亡的化身。他这么写：

我整夜等待可爱的客人，
门链像镣铐哐当作响。

这个化身是什么呢？就是秘密警察机构"契卡"的密探。他在这里用了一种反讽的手法，就是把密探说成"可爱的客人"，实际上"可爱的客人"是"可怕的客人"，会随时威胁他。

还有一点要注意的是，他把对故乡城的称呼从列宁格勒悄悄换回了彼得堡。这是为什么呢？因为彼得堡在这里，已经不只是现实中的一座城市，还成了历史和文化的一种象征，所以他给故乡的恋歌也是献给文明的一曲挽歌。

他的身后，有伟大女性的牺牲

最后再讲一讲曼德尔施塔姆的身后事吧。他死了以后，有好几十年，他的名字都从俄罗斯文学史中被抹掉了，甚至他遗留下的诗稿都有随时被秘密警察抄走的危险。

那么他的诗稿是怎么保存下来的呢？

这一定要感谢一位伟大的女性，就是他的妻子娜杰日达。娜杰日达为了保存这些诗稿想了种种办法，比如把诗稿缝到枕头里，藏到炒菜锅里、皮鞋里，或者抄成很多份，交给不同的朋友保管，希望能有个备份。

但即便这样，她也觉得不牢靠。那最牢靠的办法是什么呢？就是记忆。所以娜杰日达把曼德尔施塔姆的全部作品都背了下来，牢牢地记在脑子里边。她等于把自己变成了一个活的硬盘——只要人不死，诗就在。就这样，娜杰日达和她当时的一些朋友，就像对待先人的骨灰一样，在一个极端的年代把诗歌的种子保留了下来。

这种伟大的献身本身是不是就像一首诗？另外说一下，"娜杰日达"在俄语里就是"希望"的意思。

> **品读时间** | 最后,请读一读曼德尔施塔姆的诗《列宁格勒》,并且思考一下:他所说的"死者"指的是谁?是他生活中死去的朋友亲人,还是所有死去的人?让我们一起品读。

列宁格勒

作者:奥西普·曼德尔施塔姆
译者:北岛

我回到我的城市,熟悉如眼泪,
如静脉,如童年的腮腺炎。

你回到这里,快点儿吞下
列宁格勒河边路灯的鱼肝油。

你认出十二月短暂的白昼,
蛋黄搅入那不祥的沥青。

彼得堡,我还不愿意死;
你有我的电话号码。

彼得堡,我还有那些地址,
我可以召回死者的声音。

我住在后楼梯,被拽响的门铃
敲打我的太阳穴。

我整夜等待可爱的客人,
门链像镣铐哐当作响。

05 望舒在西班牙的小酒馆听到了什么?
加西亚·洛尔卡的忧伤

> 洛尔卡的诗歌佳作是人类智力的楷模。
> ——罗伯特·勃莱

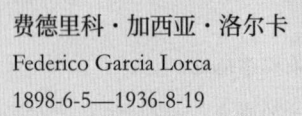

费德里科·加西亚·洛尔卡
Federico Garcia Lorca
1898-6-5——1936-8-19

20世纪最伟大的西班牙诗人,"二七年一代"的代表人物。洛尔卡善于将诗歌与西班牙民谣相结合,创造出独有的、拥有极大情感张力的诗体。他是西班牙最纯粹的诗歌传唱者,也是一位圣徒般的民族殉道者。

他献给斗牛士的挽歌，也是颂歌

你去西班牙旅游过吗？提到西班牙，如果就说一点，大家会想到什么呢？我估计除了足球，十有八九是斗牛吧。斗牛的确很刺激：斗牛士穿着盛装，抖着红布刺激公牛，公牛"嗒嗒"地冲过来，然后斗牛士用非常优雅的动作躲过去，再向观众脱帽致意。

但斗牛士实际上又是一个高危职业，特别容易被牛角刺中，受伤甚至死去。那么这些斗牛士做这个工作，图什么呢？我的理解是，他们追求的就是那种刺激和危险的美，也就是把斗牛当成一首诗来写。

实际上，关于斗牛的诗，有一个西班牙诗人写得特别好，他就是加西亚·洛尔卡。

他的这首诗是写给一个在斗牛场上死去的斗牛士的，叫《梅希亚斯挽歌》。梅希亚斯是洛尔卡的一个斗牛士朋友。本来他年纪大了，已经退休，但是他一回到家里就觉得毫无生趣可言，甚至觉得死在家里的床上，还不如死在斗牛场上来得痛快。所以，梅希亚斯毅然决然地回到了斗牛场上，结果还真被牛角刺中了大腿，如愿死去。

这个好朋友的死让洛尔卡非常悲痛，同时他也觉得梅希亚斯之死，其中有非常美的东西，适合用诗歌来表达，所以就写下了这首千古绝唱。

这首诗最特别的是第一部分，洛尔卡在此处一共写下了6个"在下午五点钟"。我们来读几句：

所有的心头里都只有这头斗牛

在下午五点钟。

就像雪上冒出汗来

在下午五点钟。

当斗牛场上盖满了碘酒

在下午五点钟。

死在他伤口里下了卵

在下午五点钟。

在下午五点钟。

恰恰在下午五点钟。

这些"在下午五点钟"就像鼓点一样，一下比一下急迫，敲击着我们的心脏。"下午五点钟"为什么重要？因为那是梅希亚斯被牛角刺中的时刻。洛尔卡就把这个时刻当作情感的聚焦点和喷发口，围绕"下午五点钟"营造了非常紧张的气氛，也给了这首挽歌一种扣人心弦的节奏。

最重要的是，他把死亡作为一种非常鲜明和生动的形象写在诗里。这种死亡和人们想象的不太一样，不像是幽灵或是阴影之类的，而是非常具体。他说：

死在他伤口里下了卵

在下午五点钟。

这时候，死亡就是一只苍蝇——一只嗜血的苍蝇。他还写道：

伊格纳修走上阶梯，

将整个死亡扛在肩上。

伊格纳修就是梅希亚斯的名字。这实际上是在说梅希亚斯通过这样一种带有仪式感的庄严行为渴望死亡，准备从容赴死。

所以说，洛尔卡献给斗牛士的挽歌，也是一曲颂歌。

他的笔,比手枪的威力还大

我们还能感受到,洛尔卡对梅希亚斯的这种渴望死亡的做法其实是很欣赏的。他在听说梅希亚斯要重返斗牛场的时候,跟别的朋友讲:"他对我宣布了自己的死亡。"他觉得这种勇敢,是作为一个斗牛士、作为一个诗人所应当表现的一种状态,死亡也是他应该承受的结果。他认为梅希亚斯是他们整个民族的一个精英人物,是他的家乡安达卢西亚的骄傲。所以他在诗的结尾这样写:

我们究竟还要等多久,才能产生
一个如此冒险如此光彩的安达卢西亚人。

洛尔卡认同梅希亚斯赴死的行为,实际上对他自己的死亡也是一个铺垫,因为他说过:"这好像就是我自己的死亡,一次我自己的死亡的预习。"

这句话很快就变成了现实,洛尔卡自己的死亡很快到来。在两年以后的1936年,西班牙内战爆发了。交战双方的一方是左翼的共和政府,另一方是右翼的法西斯。洛尔卡支持共和政府,所以法西斯分子特别仇恨他。法西斯有个长枪党,就是像纳粹的褐衫党一样的组织。长枪党迅速控制了洛尔卡的家乡安达卢西亚的格拉纳达。他们先是杀害了市长,这个市长是洛尔卡的妹夫,然后就挨家挨户搜捕洛尔卡。长枪党抓住他以后,没有经过审讯就直接将他枪杀了。

所以,洛尔卡的死就变成了他所歌颂的那种死,他的预言成真了。

那么问题来了:他是一个诗人,又不是军人,这些人为什么这么恨他?其实下令枪杀他的那个长枪党首领的一句话一下子就把这个问题说清楚了。他说："他用笔,比那些用手枪的人带来的危害还大。"意思就是,两个不同的阵营交锋的时候,摇笔杆子的人比拿枪杆子的人的作用更大。这也说明,洛尔卡的诗很受老百姓的欢迎。

他的诗,最适合传唱

那么洛尔卡受欢迎到什么程度呢?来讲一个故事吧。1933年,正在法国留学的中国诗人戴望舒,就是写《雨巷》的戴望舒,去西班牙旅游。到了西班牙,他在广场、在小酒馆、在村寨里的集市上,总能听见美妙的谣曲。于是他就打听歌词是谁写的,得到的回答总是"费德里科",要么就是说不知道。戴望舒后来发现,即便那些不知道作者是谁的谣曲,往往也都出自这个费德里科之手。这成了他的西班牙之行的最大收获——发现了费德里科·加西亚·洛尔卡。后来,戴望舒就把洛尔卡的诗翻译成中文,介绍给中国的读者。结果不光是中国的读者喜欢,好几代中国诗人的写作都受到了洛尔卡的影响。

洛尔卡的诗有个特点,就是特别适合传唱,有非常强的音乐性和韵律感,否则他也不会在小酒馆、广场,以这种歌的形式让大众接受。我们可以感觉一下他的诗如何直接作用于读者的听觉的。他这么写:

在远方,
大海笑盈盈。
浪是牙齿,
天是嘴唇。

这是他的诗《海水谣》,就像歌谣一样,能够直接打动人心。

他的诗，与民歌紧密结合

为什么洛尔卡的诗能够直接打动人，它的音乐性为什么这么强？这是因为他的诗和他的家乡安达卢西亚地区的民歌传统有非常紧密的结合，从民间汲取了大量的养分，用现在的话说，就是非常"接地气"。

安达卢西亚这个地方人员构成很复杂，有过基督教的影响，有过伊斯兰教的影响，也有一些吉卜赛人流落到这里，带来丰富的民歌资源。这些民歌的形式中有两种，一种叫深歌，一种叫谣曲。这些民歌对洛尔卡的帮助是最大的。

什么是深歌？大家知道弗拉门戈舞蹈吧？它音乐的前身就是深歌。深歌有一个特点，就是人们在唱的时候声嘶力竭地呐喊，但是很短促，用以传达非常强烈的感情。

那么什么是谣曲呢？谣曲实际上是故事性很强的小叙事诗，把情绪通过小故事的方式表现出来。

深歌和谣曲都被洛尔卡用到他的诗歌里，有浓郁的民间色彩；同时他又是一位现代诗人，里面也有现代诗歌的诗意和深度。其中，最著名的是一首谣曲，叫作《梦游人谣》。诗是这么写的：

> 绿啊，我多么爱你这绿色。
> 绿的风。绿的树枝。
> 船在海上，
> 马在山中。
> 影子裹住她的腰，
> 她在露台上做梦，

绿的肌肉，绿的头发，

还有银子般沁凉的眼睛。

这是开头几句，有一种非凡的想象力。"船在海上，/ 马在山中"一下子把整个画面拉得很开，而且整个画面有一个统一的色调——绿色。不仅树枝是绿的，风是绿的，就连在阳台上等着男友到来的吉卜赛女郎的肌肤和头发也都是绿的。为什么所有东西都是绿的？这实际上是一种主观感受，和他要表达的情绪密切关联。

他的诗，充满忧伤的神秘气息

我们可以从对绿色的表达上体会出洛尔卡诗里的另一个特点，就是神秘。

说到神秘，咱们还是从这首《梦游人谣》来讲。接着往下读就更神秘了，整个故事是扑朔迷离的，线索给得很有限：绿色的女郎在阳台上，是在等她的男友。她的男友很可能是个走私犯，他与西班牙宪警发生了冲突，身受重伤，赶回来见姑娘。但这个男友和姑娘的父亲一起爬上阳台，却发现姑娘人不在了。她已经死在了楼下的水池里。她为什么会死呢？是等男友等不到绝望而死，还是被害身亡？洛尔卡都没有明确交代，但是给了我们很大的想象空间。就像我前面介绍的《挽歌》一样，死亡的阴影也一直在诗中游荡，就好像主人公们的宿命，只不过在这里化成了挥之不去的淡淡忧伤，更增添了诗的神秘和它的魅力。

其实读这样的诗，大家不要特别在意是不是能读懂。也有人专门去问过洛尔卡，这首诗为什么这么神秘。洛尔卡本人也承认，他说：

"这的确是我所有作品里边最神秘的一首,但是,我不能具体说它写的是什么,是诗来找的我。"这首诗里有一句是:

千百个水晶的手鼓,

在伤害黎明。

"伤害黎明"的"水晶手鼓"是什么意思呢?洛尔卡拒绝解释,其实是让读者自己去体会。我的理解,也许就是从吉卜赛姑娘的阳台上看到的万家灯火。这也说明诗歌在实质上要借助一种非常微妙的表达,如果把话都讲得特别明白了,大家未必会喜欢。

无论是给读者启迪也好,给读者美的享受也好,或者传达丰富的信息也好,诗意就存在于这种微妙的似懂非懂之间,就在"可感知"和"不理解"之间。它结合了音乐的美、死亡的挥之不去、爱的绝望、现实的残酷,但其本身处在所有结构的空隙处反而是创造力最强的。

品读时间

最后,请读一读加西亚·洛尔卡的诗《梦游人谣》,并且思考一下诗中的"水晶手鼓"代表什么。让我们一起品读。

梦游人谣

作者:费德里科·加西亚·洛尔卡
译者:戴望舒

绿啊,我多么爱你这绿色。
绿的风。绿的树枝。
船在海上,
马在山中。
影子裹住她的腰,
她在露台上做梦,
绿的肌肉,绿的头发,
还有银子般沁凉的眼睛。
绿啊,我多么爱你这绿色。
在吉卜赛人的月光下,
一切东西都看着她,
而她看不见它们。

绿啊,我多么爱你这绿色,
繁星似的霜花
和那打开黎明之路的
黑暗的鱼一同来到。
无花果用砂皮似的枝叶
摩擦着风,
山像野猫似的竖起了

它的激怒了的龙舌兰。
可是谁来了？从哪儿来的？
她徘徊露台上，
绿的肌肉，绿的头发，
在梦见苦辛的大海。

——朋友，我想要
把我的马换你的屋子，
把我的鞍辔换你的毛毯。
朋友，我是从喀勃拉港口
流血回来的。
——要是我办得到，年轻人，
这交易一准成功。
可是我已经不再是我，
我的屋子也不再是我的。
——朋友，我要善终在
我自己的铁床上，
如果可能，
还得有荷兰布的被单。
你没有看见我
从胸口直到喉咙的伤口？
——你的白衬衫上
染了三百朵黑玫瑰，
你的血还在腥气地
沿着你的腰带渗出。
但我已经不再是我，
我的屋子也不再是我的。

——至少让我爬上
这高高的露台；
允许我上来！允许我
爬上这绿色的露台，
那儿可以听到海水的回声。

于是这两个伙伴
走上那高高的露台。
留下了一缕血迹。
留下了一条泪痕。
许多铅皮的小灯笼
在人家屋顶上闪烁。
千百个水晶的手鼓
在伤害黎明。

绿啊，我多么爱你这绿色，
绿的风，绿的树枝。
两个伙伴一同上去。
长风留给他们嘴里
一种苦胆，薄荷和王香草的
稀有的味道。
朋友，告诉我，她在哪里，
你那个苦辛的姑娘在哪里？
她等候过你多少次？
她还会等候你多少次？
冷的脸，黑的头发，
在这绿色的露台上！

那吉卜赛姑娘

在水池上摇曳着。

绿的肌肉,绿的头发,

还有银子般沁凉的眼睛。

一片冰雪似的目光

把她挟住在水上。

夜色亲密得

像一个小小的广场。

喝醉了的宪警

正在打门。

绿啊,我多么爱你这绿色。

绿的风,绿的树枝。

船在海上,

马在山中。

06 你愿意成为爱得更多的那人吗?
奥登的良知

> 对我这样的诗人来说,
> 自传是多余的,
> 因为不管如何隐晦,
> 发生在你身上的任何重要事情都会含摄在一首诗作里。
> ——奥登

威斯坦·休·奥登
Wystan Hugh Auden
1907-2-21——1973-9-29

现代诗坛名家,诗作丰厚、诗艺纯熟、诗路开阔,被公认为继T.S.艾略特之后最重要的英语诗人之一。他的诗歌产量极大,作品兼具技巧性与创新性。他的诗歌极富人文主义气息,正如他自己阐述的那样,他的诗歌都是为了爱而写就。

他是诗坛"巨无霸"

上一辑介绍了西班牙诗人加西亚·洛尔卡,提到了西班牙内战。西班牙内战爆发于1936年,它实际上是一次小型的世界大战,是第二次世界大战的一个预演。

在西班牙内战期间,全世界的志愿者源源不断地从各个国家赶到西班牙,他们组成了一支"国际纵队",支持共和政府,抵抗法西斯军队的进攻。

"国际纵队"有一个特点,就是里面有很多进步知识分子。其中有一个英国的青年诗人特别积极,他打了一个报告申请做救护车司机,没有得到批准,于是就跑到巴塞罗那去做电台节目、在报纸上发文章,从而给战友们鼓劲。他在西班牙一共待了六个星期,回去以后就写了一首诗歌杰作,叫作《西班牙,1937》。

这个人,就是20世纪世界诗坛的"巨无霸"——英国大诗人奥登。

"巨无霸"汉堡比别的汉堡都大,主要是层多量大。那么诗坛的"巨无霸",也就是诗歌大师,和一般的诗人比起来有什么特殊的地方呢?

在奥登看来,要想成为一个大诗人,必须满足下面五个条件中的三个或者四个。

第一个是,必须写得多。

第二个是,题材和处理手法必须丰富。

第三个是,必须要有独一无二的创造性。

第四个是,在技巧上必须是一个行家。

第五个是,作品的成熟过程,要一直持续到老,要不断地成熟。

那么,奥登开列的成为大诗人的五个条件,他自己占了几条呢?依我看,他是五条都占全了。他就是那个理想中的全能选手,就是那款诗歌的"巨无霸"。

他的诗，是一种智性的诗

首先说，奥登的诗写得多吗？相当多。他 15 岁的时候就立志做一名诗人，一直到他 69 岁去世，诗歌写作从来没有间断过。他出版了 20 多本诗集，公开发表的诗作就有将近 500 首。

奥登这个人，从表面上看生活习惯特别差，家里头乱七八糟的，书都堆在地上，连个书架都没有。他平时喜欢啃手指甲，身上的衣服经常是一个月一换。有个叫汉娜·阿伦特的女哲学家看不过眼，就把自己去世的丈夫的衣服拿给他穿。

但是大家不要被这个假象迷惑了，实际上他的作息是非常有规律的，他每天都按时忘我地投入于写作。他对生活细节不是很看重，追求的是诗歌艺术的内在秩序。

奥登不光诗写得多，对自己的诗也相当自信。还在牛津大学读书的时候，他就和朋友讲，说现在文坛提供了一个空荡荡的舞台，而他自己很快就会占据舞台的中心。他的抱负是做一个"大西洋的小歌德"。

他完全做到了这一点。一个例证就是，他那一辈英国的青年作家就是以他命名的，叫作"奥登一代"。他还接过了前辈诗人比如叶芝和艾略特的接力棒，成为现代主义诗歌的领军人物。他甚至在诗歌的技艺上比前辈诗人更加纯熟和精湛。也就是说，他在处理诗歌的韵律、节奏，使用隐喻、反讽等技巧的时候，更加自如，写出了一种智性十足的诗歌。

什么叫智性呢？通俗点说就是，奥登不会一头扎在他写的东西里，他会时时刻刻跳出来，去冷眼审视它。比如这两句诗：

用你扭曲的心灵，
爱你扭曲的邻居。

这里有一种喜剧性的效果，有点儿讽刺意味，却揭示了深刻的真理。在现代社会里，人和人之间的关系往往就是这么扭曲，这一点奥登一下子就点破了，而且味道很复杂，把告诫、同情、讽刺结合在一起。这就是奥登的智性诗歌，技巧非常高超。

还有这两句：

> 放射状的共和政体，固守在原地，
> 轴对称的君主制，不加掩饰地行动。

他这是拿奥地利和英国两个国家的地图形状做文章。奥地利是放射状的，而英国是轴对称的，他以此来影射它们的社会发展进程。这表现了一种机智，当然，也免不了对这两个国家的政治风格进行讽刺。

他的诗，关注广阔的现实和人生

奥登的诗题材也相当广泛。我们说他的诗是智性诗歌，指的不光是他技巧高超，还有他在题材上的包罗万象。举凡文化、历史、神话、传说、艺术，没有什么东西是他不能在诗里探讨的。他有一首诗叫《美术馆》，是在美术馆看了几幅名画以后写出来的。有一首诗叫《阿喀琉斯之盾》，取材于古希腊神话，写火神赫菲斯托斯如何给阿喀琉斯打造盾牌。还有一首诗叫《石灰岩颂》，写的是石灰岩地貌对人类精神生活的影响。这三首诗都是他的代表性杰作。

当然了，他的诗也关注现实，写20世纪波澜壮阔的历史。

我开始提到的《西班牙，1937》，就是一首关注现实的政治诗。在这首诗里，他提到了三个概念，就是昨天、今天和明天，并且在这三个概念里自如地来回穿梭。他担心战争将对"昨天"，也就是历史所积累的人类文明成果形成威胁，出于一种强烈的紧迫感，号

召"今天"的人们要团结起来、行动起来。所以他不断地重复和强调一句话,就是:

但今天是斗争。

他在诗的结尾又写:

时不待人,
历史对于失败者
可能叹口气,但不会支持或宽恕。

他这是在激励当时的人,意思是如果我们不赶快行动,任由那些法西斯分子猖獗,就是对历史的不负责任。

他的诗,具有鲜明的独创性

奥登这首诗里提到一个词,就是"斗争",这个词对今天的年轻人来说有点儿陌生。现在是和平年代了,我们讲竞争,不讲斗争。不过,我们在历史课上都学到过抗日战争这一段。面对民族危亡,我们要作拼死的抗争,去争取和平美好的生活,这就是斗争,特别宝贵。

就在奥登写下《西班牙,1937》之后不久,抗日战争在中国全面爆发了。奥登马上又赶赴中国前线,把中国人民的顽强不屈向全世界报道。这一次,他写了整整一组十四行诗,就叫《在战争时期》。

他这是第一次到中国来,对中国的观感是这样的:

这个如花朵般隐忍的民族。

他的概括既准确又有诗意,也很让我们中国人感动。

这组诗里我最喜欢的是第十八首——《他被使用在远离文化中心的地方》,写的是一个战死沙场的普通中国士兵。不过,他并没有去渲染这个士兵有多英勇,而是用了非常克制、低沉的调子来写他。

诗的开头是这样的:

> 他被使用在远离文化中心的地方,
> 又被他的将军和他的虱子所遗弃。

这两句诗完美地体现了奥登所说的"独一无二的创造性"。这个创造性就是把"将军"和"虱子"这两样毫不相干的事物写在了一起,所形成的震撼效果就好像在听海顿那首名叫《惊愕》的交响曲。

他的意思是,一个普通士兵,在与敌人奋战时条件那么艰苦,身上都生了虱子,即便战死了也无声无息,没有人关注他;可是胜利的荣誉却属于他的将军,属于躲在后方指挥所里的将军。所以这两句诗里充满了同情、痛惜,还有一种尖刻的讽刺。

这首诗的结尾是这样写的:

> 他在中国变为尘土,以便在他日
>
> 我们的女儿得以热爱这人间,
> 不再为狗所凌辱;也为了使有山、
> 有水、有房屋的地方,也能有人烟。

这几句诗写得特别感人,也特别有诗意。奥登把无名士兵的死跟和平美好的生活联系在一起,等于肯定了他们牺牲的价值,给他们最高规格的赞美。

他的诗,展现了大爱和良知

从这几句诗中,我们应该能感觉到奥登是一个特别有爱的人,这种爱是一种良知,是一种大爱,还能够随着时间不断地丰富和成熟。

奥登自己是这么说的:我所有的诗,都是为爱所写。对于奥登来说,爱不光是个体的真切感受,还是一个值得我们去认真探讨和

思索的问题。所以他在一首诗里发出这样一种呼吁、一声呐喊:

哦,告诉我爱的真谛。

他认为爱的圆满是人类幸福的根本所在,所以他一方面关注爱是怎样呈现的,一方面也关注是哪些东西妨碍了爱的圆满和实现。这个妨碍的东西是来自外部的社会,还是来自人们内心的焦虑,或者来自人们精神上的困境?所以他在诗里说:

这漫长旅程只为求得内在的平静,
伴随着爱的忠诚坚贞和爱的缺点毛病。

这就是说,他承认爱是复杂的,认为它的美好和不圆满是共生的阴阳两面。

他还有一首诗叫《1939年9月1日》,写的是第二次世界大战在欧洲爆发的那一天。奥登在这种题材的诗里,还会念兹在兹地提到爱。他说:

我们必须相爱直至死亡。

这说明,爱对于奥登来说就是一种态度、一种信念。我这么说是有据可依的。他在中年的时候又写了一首诗,还是以爱为主题,不过爱的信念更深化了。这首诗叫《爱得更多的那人》,诗里写道:

倘若爱不可能有对等,
愿我是爱得更多的那人。

在这时,爱的信念和激情还在,但是又多了一点儿东西,那就是担当,是更宽阔的胸怀。

所以奥登是一个特别好的典范,他用他的诗歌生涯告诉人们,重要的不仅是诗艺的持续成熟,更是人的心灵的不断完善。正因如此,他被称为"20世纪最伟大的心灵"。

品读时间 | 最后,请读一读奥登的诗《他被使用在远离文化中心的地方》,并且思考一下:奥登为什么说这个中国士兵"不知善,不择善,却教育了我们"?一个无知无识的普通士兵的牺牲,对我们的生活有什么价值?让我们一起品读。

他被使用在远离文化中心的地方

作者:威斯坦·休·奥登
译者:查良铮

他被使用在远离文化中心的地方,
又被他的将军和他的虱子所遗弃,
于是在一件棉袄里他闭上眼睛
而离开人世。人家不会把他提起。

当这场战役被整理成书的时候,
没有重要的知识在他的头壳里丧失。
他的玩笑是陈腐的,他沉闷如战时,
他的名字和模样都将永远消逝。

他不知善,不择善,却教育了我们,
并且像逗点一样加添上意义;
他在中国变为尘土,以便在他日,

我们的女儿得以热爱这人间,
不再为狗所凌辱;也为了使有山、
有水、有房屋的地方,也能有人烟。

小　结

诗歌，让心灵柔软

我们已经介绍了六位诗人，分别是英国诗人雪莱、美国诗人狄金森、爱尔兰诗人叶芝、俄罗斯诗人曼德尔施塔姆、西班牙诗人加西亚·洛尔卡和英国诗人奥登。他们构成了第一辑，这一辑的几位诗人的诗歌的共同点是，向读者的心灵施加魔法，让读者的心变得柔软，同时获得力量。

让心灵柔软，是诗歌的一个重要作用，这和人获取情感的方式有关。大家肯定有过这样的体验，一旦出现剧烈的情感波动，最先感受到的总是心，甚至比头脑还直接。看到喜欢的人，心会怦怦乱跳；遇到难过的事情，心又会痛。所以诗歌从本质上来讲，是一种作用于心灵的情感的产物。

不过，这六位诗人在柔软我们心灵的时候，又表现了其不同的方式和特征。我们一起回顾一下。

雪莱的自由

首先说雪莱。在我们介绍的这些诗人中，雪莱算是一个"上古大神"。他是英国19世纪浪漫主义诗歌的代表人物，他的诗充满了对未来理想世界的呼唤和预言，因而独树一帜。他的诗之所以打动我们，首先是因为他自己有一颗敏感、正直而美好的心灵。特别神奇的是，传说中他不幸遭遇海难后，他那颗比常人要大的心脏，在火化的时候居然没有烧坏。这已经成了诗人精神世界的一种象征，也就是说，诗人不仅活着的时候给这个世界带来美、带来激情，就是死后，也要把心奉献给这个世界。学习雪莱，主要是能够让大家直观感受一下，诗人是怎样一种人。

狄金森的灵魂

如果说雪莱是"上古大神",那么美国诗人狄金森就算是"上古女神"了。她的传奇性在于,她生前默默无闻,身后却声名鹊起,她作为现代诗歌的先驱性诗人的历史地位已经不可动摇,这就形成了一个巨大的反差。她主动选择隐居的生活,生活圈子很狭窄,但是她将这种不利因素转化为对自己灵魂世界的深入探寻,写出了对爱情、生命、死亡和孤独的独特感悟。所以她是一个源头性的诗人,或者说是原创性的诗人,她是凭着自己的独立思考把一切全都想透了,并且启发了后来的诗人重新认识诗歌抒情的本质,同时让我们的心变得柔软。

叶芝的执着

接下来的爱尔兰诗人叶芝,是一位承前启后的诗歌大师,他在不同的创作阶段都写出了第一流的诗。不过,他最打动人、让我们的心柔软的地方,是他对爱情的执着表达,特别是他那首爱情诗的千古绝唱《当你老了》。他在青年时代对爱尔兰革命者、女演员茅德·冈一见钟情。可惜落花有意、流水无情,这是一场持续了他一生,却没有结果的单恋。幸运的是,爱情生活的失意和挫败,却成就了叶芝的诗。他把对爱慕对象的激情、苦恋和怨恨,都写进一首首诗里,探讨了爱的本质。从叶芝的诗里,我们能学习到如何形象化地、婉转地处理平常的感情,写出新意。

曼德尔施塔姆的乡愁

俄罗斯诗人曼德尔施塔姆的柔情表现为对故乡的热爱。他对故乡城圣彼得堡的热爱,一方面表现为单纯和赤诚,一方面又是对故乡所代表的文明的极度痴迷,所以他也被称为"文明的孩子",他的诗也产生了持久的世界性影响。他虽然这么热爱故乡，却不得不离开它，最后死在俄罗斯境内离故乡最远的地方，这个悲剧性的人生故事本身就令人动容。他死后，他的妻子拼死保护他的诗稿的故事，也让大家感受到诗歌在人类的文明中占据着多么重要的位置，在它身上寄托着人们多少的爱恨和悲欣。

加西亚·洛尔卡的忧伤

西班牙诗人加西亚·洛尔卡柔软人们心灵的方式又不同了——他的诗是可以唱出来的，可以被普通的大众传唱、聆听和喜爱。这是因为他的诗从民歌的传统中汲取了大量的养分，有独特的音乐感。他的诗虽然简单、流行，却并不浅薄，因为他对死亡元素的处理非常独到。在他的诗里，死亡是人的宿命，要勇敢从容地面对；死亡又是神秘的、有魔力的，在他那富于音乐性的诗中化作了无所不在的淡淡的忧伤。洛尔卡的人生故事也会让我们明白，诗人和他的诗是融为一体的。他的那些拥抱死亡的诗，一方面为他赢得了广泛的热爱，也宿命一般地导致了他的死难。

奥登的良知

英国诗人奥登是 20 世纪现代主义诗歌的集大成者，他就像一个各科成绩都拔尖的"大学霸"，诗歌技艺样样精通、样样纯熟，几乎没有短板。他曾经就"怎么才能成为大诗人"开出了五个条件，再看看他自己，这五个条件都符合。奥登的诗复杂深刻，却一点儿也不单调沉闷，而是机智风趣，自带喜感。但这还不是他最了不起的地方，他真正的"必杀技"是爱，就像他自己说的，他所有的诗都是为爱所写。"倘若爱不可能有对等，/ 愿我是爱得更多的那人"，这是他最感人的诗句，能够一下子唤醒我们深藏的同理心。他的爱是一种大爱，是良知，是担当，是广阔的胸怀，所以他才被称为"20世纪最伟大的心灵"。

第二辑

诗歌 向着独立而生

07 丑的东西也能写到诗里吗?
波德莱尔的城市

> 尽管有家,
> 我还是自幼就感到孤独——
> 而且常常是身处同学之间——
> 感到命中注定永远孤独。
> ——波德莱尔

夏尔·皮埃尔·波德莱尔
Charles Pierre Baudelaire
1821-4-9—1867-8-31

法国19世纪诗人,象征派诗歌先驱,代表作有《恶之花》《巴黎的忧郁》等。他在欧美诗坛占有重要地位,对现代主义诗歌的形成产生重要影响。他是把丑转化为美的大师。

"败家子"的放浪形骸

在很多人的认知里,诗歌的主要作用是展示美的,是这样吧?但是换个角度想,生活里不光有美,还有丑。那么诗歌除了审美,要怎样去对待丑呢?这一辑要介绍的法国19世纪诗人波德莱尔,就是一个很善于处理丑、把丑转化为美的大师。波德莱尔最重要的作品是一部诗集,叫作《恶之花》。

波德莱尔是一个怎样的人呢?用今天的说法,可以说他是一个"富二代"加"官二代"。他出生在法国巴黎,他的生父在他小的时候给了他非常好的艺术启蒙。后来他的生父去世了,母亲改嫁,继父是一名军官,还做过好几任法国驻外国的大使。

按理说他的家庭条件不错,但是波德莱尔这个人个性特别强,他对这种正统的资产阶级生活方式非常反感、非常鄙视,喜欢过那种放浪形骸的生活,而不愿意过"人畜无害"的一生。从世俗的眼光看,他就是一个败家子。

说起他的败家,可以举个例子。他21岁的时候继承了他的生父留给他的一笔财产,一共是10万法郎。这笔遗产可不小,大概相当于今天的60万欧元,也就是人民币大概450万元。但是才过了两年,他就已经花掉了两万法郎,这可太多了。所以他的家人很紧张,就找了个律师把钱管起来,按月支给他,用这种方法限制他的花销。

但是波德莱尔这个人大手大脚惯了,没钱花怎么办呢?他就去借高利贷。所以,他一辈子都被债主追着跑。

让恶开出绚丽的艺术之花

他这么挥霍,是不是花钱去周游世界了?其实他哪儿都没去,一辈子就在巴黎窝着。他对这个城市的感情很复杂,又爱又恨。爱就不用多说了，那是他的家乡。那为什么又恨呢？那是因为他对这个城市的认识。当时的巴黎，正处在一个资本主义大发展的时代，城市在急剧地扩张。在扩张过程中，这个繁华的大都会里面美的、丑的东西一起都来了，白天表面上非常光鲜，晚上却藏污纳垢。

波德莱尔最热衷的事，就是在夜晚走上街头，在巴黎特有的那种拱廊街里穿行，去观察、体会这个城市阴暗和丑陋的一面。他有一首诗就是这么写的：

古老首都曲曲弯弯的褶皱里，
一切，甚至丑恶都变成了奇观。

在波德莱尔看来，这个城市的自然是丑的，丑和恶都存在于人的心中。

那么他认为诗人的作用是什么呢？就是要展示这些丑，同时挖掘这些丑里面的美，也就是化腐朽为神奇，让恶开出绚丽的艺术的花朵。

没错，这正是前文提到的那本诗集《恶之花》要做的事情。波德莱尔将几乎所有的抒情诗都收在这本诗集里，把它一版再版、不断地扩充。也可以这样理解，波德莱尔用一生写了一首名为《恶之花》的诗。

这里还要解释一下，就是《恶之花》的恶，它不是单纯的丑恶、罪恶，它还有病态、苦闷、悲惨等丰富的含义。

做一个城市的拾荒者

那么波德莱尔写丑，都写了些什么东西呢？他诗里写的东西什么都有，比如潮湿的牢狱、游荡的鬼魂，比如蝙蝠、蜘蛛，还有乞丐、小偷、妓女等等，甚至他会写他在街头看到的一具腐尸。但这都只是表面上的丑。那么波德莱尔认为最丑的东西是什么呢？他认为最脏、最凶、最丑的野兽，不是别的，是无聊！无聊是一种精神上的虚伪和堕落。我们生活中也会有这样的人，天天把无聊挂在嘴上；可是他们不曾想过，无聊其实是恶中的大恶。波德莱尔就是这么看的。

波德莱尔这种用诗歌去收集丑的行为，很像城市生活中的某种人，就是城市里面捡垃圾的人——拾荒者。波德莱尔他自己是这么说的：

> 这个人的任务就是搜集都市里的废品。这个伟大的城市扔掉的、遗失的、鄙弃的、打烂的所有东西，他都要收起来，分类整理。……他像一个守财奴收集宝藏，收集工业之神留下的垃圾，细细咀嚼……他在石板路上蹒跚而行，就像年轻的诗人们在长日里追寻诗的韵律。

其实，这段话用来描述波德莱尔自己最合适不过了。他就是那个拾荒者，在城市的背阴面收集这些腐朽的东西做素材，为城市画像。

用诗句化腐朽为神奇

前面讲到波德莱尔能化腐朽为神奇，让恶开出艺术之花，那他是怎么做到的呢？这里就用他的两首诗来总结两点。

第一点是，让理想的光辉凌驾在腐朽之上。波德莱尔的一首诗，写的是精神向着高空飞翔。他是这么写的：

> 远远地飞离那致病的腐恶，
> 到高空中去把你净化涤荡，
> 就像啜饮纯洁神圣的酒浆，
> 啜饮弥漫澄宇的光明的火。

波德莱尔把尘世看作天堂的倒影,把现实看作理想的倒影,而追求美的诗歌能够实现从尘世到天堂、从现实到理想的飞升。这里讲的就是化腐朽为神奇的道理。

第二点就是用生活中点滴的美好来抵御丑恶的侵袭。波德莱尔虽然写了很多丑,但也记录了很多美好的瞬间,这些美好的瞬间还是会给人带来温暖。他有一首诗叫作《阳台》,是写给他的女友的。他的女友是一个黑白混血的美女,有一次他们闹别扭,两个人分手以后他就写了这首诗,来回忆他们在一起的时候点滴的美好。这首诗很美,其中第二节是这么写的:

> 那些傍晚,有熊熊的炭火映照,
> 阳台上的黄昏,玫瑰色的氤氲。
> 你的乳房多温暖,你的心多好!
> 我们常把些不朽的事情谈论。
> 那些傍晚,有熊熊的炭火映照。

这首诗是爱情诗里的一个名篇,我认为不亚于叶芝的那首《当你老了》。我年轻的时候,常常会感到孤独或者激愤,每当产生这种感觉的时候,我就会从书架上取下《恶之花》这本书,翻到91页,一遍遍地读这首诗;读了以后,内心就会平静,同时也感觉自己充满了力量。我想这就是诗歌本身的魔力吧。

怎么去欣赏这首诗呢?我想可以从三个层次去欣赏。

第一层,它的每一个字和每一个意象都是暖色系的,造成了一种温暖的感觉,让人感觉有一种柔情在。

第二层,它是用回忆的手法展开抒情的,节奏比较缓慢。节奏一慢,就营造了一个特别温暖、柔和的气氛。

第三层,它有一种强烈的音乐性。在西方诗歌里,但凡讲到诗的音乐性,往往都以这首《阳台》为例子,它是一个典范。就拿刚刚那几句诗来看，它的第一句和最后一句是重复的。这种首尾重复，就好像回旋曲，让人觉得回味无穷。说到这种首尾重复的写法，我们中国的诗人也受到过波德莱尔的影响，最有名的就是现代诗人艾青的一首诗，叫作《大堰河——我的保姆》。如果仔细看，你就会发现，那首诗也使用了这样的技巧，一节里面首尾是重复的。比如它的第二节，第一句和最后一句都是"大堰河，今天我看到雪使我想起了你"。

审丑是他对诗歌史的一大贡献

波德莱尔对"丑"的表现，是他对于诗歌史的一个很重要的贡献。他是第一个大规模地、集中地写丑的诗人。他让读者认识到丑的东西是可以入诗的，而且能够为"美"做很好的铺垫。在20世纪的现代诗里，写丑的诗人也不少，其实都是从波德莱尔那里受到的启发。波德莱尔对后来的诗人起到了一个开拓性和示范性的作用。

那么波德莱尔同时代的人们是怎么看待他的呢？实际上，大众接受他有一个漫长的过程。他自己就说："就天才来说，大众是走慢了的钟表。"就是说，让大众跟上他、理解他、欣赏他，还需要时间。波德莱尔的诗集《恶之花》1857年发表的时候，因为太惊世骇俗了，思想保守的人们很生气，也不认可他的艺术创新，就攻击他，说他写的东西太恶心了。巴黎有一个轻罪法庭，以"有伤风化"的罪名判处他罚金300法郎，还勒令他从诗集里删掉了六首他们觉得写得最不堪的色情诗。

后来，人们才逐渐认识到波德莱尔的价值，认为他是西方现代诗的先驱，好几个诗歌流派还争着说波德莱尔是自己这一派的鼻祖。最极端的例子是日本作家芥川龙之介，他说："人生还不如波德莱尔的一句诗。"

实际上转弯转得最慢的是法国官方。当年不是罚了波德莱尔 300 法郎，判他有伤风化罪吗？整整 92 年以后，到了 1949 年，法国官方才给波德莱尔平反，为他恢复了名誉。

品读时间　最后，请读一读波德莱尔的诗《阳台》，想一想他为什么说爱人的气息是"蜜糖啊毒药"，并且体会一下这首诗的音乐之美。让我们一起品读。

阳台

作者：夏尔·波德莱尔
译者：郭宏安

我的回忆之母，情人中的情人，
我全部的快乐，我全部的敬意！
你呀，你可曾记得抚爱之温存，
那炉边的温馨，那黄昏的魅力，
我的回忆之母，情人中的情人！

那些傍晚，有熊熊的炭火映照，
阳台上的黄昏，玫瑰色的氤氲。
你的乳房多温暖，你的心多好！
我们常把些不朽的事情谈论。
那些傍晚，有熊熊的炭火映照。

温暖的黄昏里阳光多么美丽！
宇宙多么深邃，心灵多么坚强！
我崇拜的女王，当我俯身向你，

我好像闻到你的血液的芳香,
温暖的黄昏里阳光多么美丽!

夜色转浓,仿佛隔板慢慢关好,
暗中我的眼睛猜到你的眼睛,
我啜饮你的气息,蜜糖啊毒药!
你的脚在我友爱的手中入梦。
夜色转浓,仿佛隔板慢慢关好。

我知道怎样召回幸福的时辰,
蜷缩在你的膝间,我重温过去。
因为呀,你慵倦的美哪里去寻,
除了你温存的心、可爱的身躯?
我知道怎样召回幸福的时辰。

那些盟誓、芬芳、无休止的亲吻,
可会复生于不可测知的深渊,
就像在深邃的海底沐浴干净、
重获青春的太阳又升上青天?
那些盟誓、芬芳、无休止的亲吻。

08 面对岔路，我该如何选择？
弗罗斯特的乡村

> 我不知道自己在世界上有没有一席之地，
> 而且我也不选择席位。
> 我本能地拒绝属于任何流派。
> ——弗罗斯特

罗伯特·弗罗斯特
Robert Frost
1874-3-26——1963-1-29

　　最受人喜爱的美国诗人之一，曾经四次获得"普利策诗歌奖"。他出生于旧金山，长期在新英格兰地区务农，是一个"倔强的乡巴佬"。他写下了《林间空地》《未选择的路》《雪夜林边停驻》等许多脍炙人口的作品。

他的乡村生活

《伊索寓言》里有一则故事叫《城里老鼠和乡下老鼠》。写的是乡下老鼠请城里老鼠吃饭,给它最好的食物。可是城里老鼠说乡下还是太穷了,我们城里的东西好吃,我请你去吧。乡下老鼠就应邀去了城里,果然是一桌子美味佳肴。可惜还没开始吃,城里老鼠就喊:"猫来了,快跑啊!"它们俩魂飞魄散、抱头鼠窜。乡下老鼠因此发誓,再也不去城里了,还是乡下好,穷是穷了点,但快乐自在啊。

这一辑介绍的美国诗人弗罗斯特,就像是这样一只骄傲的乡下老鼠。

他是一个怎样的人呢?弗罗斯特实际上并不是一个土生土长的乡下人,他出生在美国西海岸的旧金山,是个城里人。他11岁的时候父亲去世,于是他就回到了马萨诸塞州的乡下,投奔爷爷奶奶。在乡下他什么都干过,养过鸡,做过鞋,开过农场。但是农业生产这一套他都不太在行,他在农闲的时候还是得出去当老师,补贴家用。就是说,还是得靠知识挣钱。

弗罗斯特快四十岁的时候,带着老婆孩子一大家子移民英国。为什么呢?因为英国的生活成本比较低。幸运的是,他的诗在英国受到好评,然后美国的诗歌界也认可了他。这样一来,他又把家搬回到美国,接着当他的乡下绅士。他生活的马萨诸塞州,就属于我们知道的新英格兰地区。

新英格兰的风光很美,但实际上自然条件比较恶劣,尤其对于农业生产来说,这里的土地不利于耕作。但是这里也培养了新英格兰乡下人的一种精神气质,他们在与自然的搏斗中形成了自己的一套生活习惯、人际关系模式和道德规范,这些人都很坚忍、骄傲、讲原则,对于生死看得比较透,视荣誉为生命。

这一切都让弗罗斯特沉醉其中,因为他觉得这也代表了美国精神。他觉得自己有义务用诗歌来把这种精神气质表现出来。所以说,他的诗歌实际上都是他从乡村学到的。我们可以简单将其归纳成三样东西。

他的勇气和思考空间

第一样东西,就是勇气和思考的空间。

很多人小时候都怕黑,怕走夜路,弗罗斯特其实也是一样的。他怕什么呢?他们乡下最黑的地方是树林。他为了克服自己的恐惧,就主动在夜里走出家门,到树林里去待着,锻炼自己。那种树林往往都很大、很茂盛,里面特别幽深、特别黑暗。时间一长,他就没那么害怕了。他不光克服了恐惧,还有了意外的收获。

他是去锻炼勇气的,但实际上也熟悉了树林,熟悉了黑暗,这就促使他思考树林这样一种形象所蕴含的丰富哲理。所以,他有很多诗,都是以黑暗的树林为题材的。其中,最有名的一首是《未选择的路》,探讨如何慎重选择人生道路。如果一条路在树林中岔开成两条,你会如何选择?是那条人走得多的路,还是那条少有人走的路?这种选择会有什么区别呢?他是这样写的:

> 两条路在一座树林中岔开,而我——
> 我选择了少有人走的那条路,
> 这造成了所有的差异。

他还有一首诗叫作《雪夜林边小驻》,也是写树林的。他在一个雪夜骑马来到一片树林边,树林又荒凉又幽深,很美,很有吸引力,使得诗人不由自主地停下马来。但是因为他有约定在身,所以不能够在这里待太久,还是要催马离开。大家看,这个树林的含义非常丰富,一方面它是美的诱惑,同时它也是危险的诱惑;它是生命葱茏的象征,同时也带有死亡的黑暗。

这首诗的结尾是这么写的:

林子可爱、昏暗而深幽,
可我还有约定要信守,
临睡前还有几英里路要走,
临睡前还有几英里路要走。

注意,他把一句话重复了两次。重复了以后,诗就更耐人寻味了,同样的话,但在第一句和第二句中间有细微的差别。前面那首诗是讲人生的选择要慎重,这首诗是强调人在人世间的责任重大,还有人要怎样去抵御美的、危险的、死亡的诱惑。

他还有一首诗叫《请进》,写的是诗人又来到幽深的树林旁边,但是这次他听到树林里有画眉鸟在叫。这里我要强调一下,但凡提到夜莺、画眉、云雀这些叫得特别好听的鸟,在整个西方诗歌体系里面都象征着会歌唱的诗人。画眉鸟在树林里的歌唱,就好像对着林子外的人发出邀请,说"请进"。那这个"请进"实际上是谁发出来的呢?很有可能,还是死亡。

既然这个邀请含有未知与危险,弗罗斯特便果断拒绝了,他说:

但是不,我出来是为看星星;
我是不会进去的。
我是说即便受到邀请也不去;
况且没有谁请我。

这里的"看星星"就是一个策略性的托词。包括前面两首诗在内,他最后都没有走进黑暗的树林,都巧妙地拒绝了黑暗中美和危险对他的诱惑。也许在他的潜意识里,对黑暗的恐惧还没有被完全克服吧。就是树林这样一个存在,为弗罗斯特造就了广阔的思索空间。

他对荣誉的珍视

弗罗斯特从乡村学到的第二样东西是对荣誉的珍视。

说到弗罗斯特珍视荣誉,有一个好玩的例子,用弗罗斯特和咱们中国的大画家齐白石来做个对比。我见过齐白石的一本画册,画册上每一页只有一只小昆虫,比如蚂蚱、蜻蜓、蟋蟀什么的。这是干什么用的呢?齐白石这人特别精明,他趁着自己眼神还好,先画些小虫子在上面,到老了眼神不济的时候,再用泼墨手法画叶子、石头来衬托,为的是以后能卖个好价钱。这是懂得精打细算,懂得未雨绸缪的。

其实,这种比较"鸡贼"的招数弗罗斯特也会。他是怎么干的呢?有的时候他写诗,写完了以后不发表,塞到抽屉里,一捂就是二十年,二十年以后才发表。齐白石的精明是为了赚钱,那弗罗斯特是为什么呢?他是为了荣誉。他就是要向公众证明,自己无论到什么时候,他的创作力都很旺盛:我还没有江郎才尽。这个事放到今天,可能就不好理解了,一个热点三五天就过去了,捂二十年,谁有这个耐心啊?从这一点我们也可以看出来,诗歌有一个特点,就是比较容易保鲜。为什么呢?因为诗歌会关注一些更本质、更永恒的东西,所以不太容易过时。

他的顽固和倔强

弗罗斯特学到的第三样东西,就是一种农民式的顽固和倔强。这个实际上体现在他的诗歌观念里面。他写诗的时候,正是现代主义诗歌浪潮兴起的年代。那时候比较流行的诗会写得晦涩一些，会在形式上做一些探索，比如把标点符号去掉，不押韵，或者是内容上有很大的跳跃。

那弗罗斯特怎么看呢？他觉得这些探索完全就是瞎胡闹。他说："我决定读不读一首诗有一种方法，那就是看它押不押韵。……这是我的死标准。"

他还说，写诗不押韵，那就跟网球场上两人打球中间不隔网子一样。这个说法也挺有意思。所以他就不为所动，不跟着潮流走，而是写自己那种保守的、传统的诗。他的诗歌特点就是朴素、简练、形式感强，而且哲理性的名言警句特别多、特别出彩。比如这一句：

人还是得精通些乡下事务
才不至于相信菲比鹟会哭泣。

还有他的名诗《补墙》里的一句：

好篱笆隔出好邻居。

诗里都是一些特别朴素的道理，但是用诗句表现出来都熠熠闪光。

这里要纠正一个可能会出现的偏见或者误解。弗罗斯特的诗虽然传统，可是并不肤浅、简单。从刚才那几首诗里面我们就能看出来，他对自然、生死、孤独这些问题的思考其实非常深入，同时也具备了很强的现代性，因为现代诗更多关注人的生存处境、人的精神状况这些东西，至于形式上的差异，倒是变得次要了。所以说，弗罗斯特和那些采取新形式的现代派诗人实际上是殊途同归的。

他的巨大成功

弗罗斯特这么重视荣誉,那他到底成功了没有?弗罗斯特虽然将近 40 岁才开始发表诗作,算是大器晚成,但是论起大众层面上的成功,在美国诗人中,很少有人赶得上他。在得到大家的欢迎和认可这方面,他是当之无愧的第一名。

比如说,他获得过四次普利策诗歌奖。这是美国诗歌的最高奖项,别的人得一次都很难,他却得了四次。他有过 44 个荣誉学位,90 岁的时候还应邀在肯尼迪总统的就职典礼上朗诵了一首诗,这是很少有人享受的待遇。

今天,如果我们随便找一个美国人,问他认为 20 世纪最伟大的诗人是谁,得到的答案十有八九会是弗罗斯特。

品读时间 | 最后,请读一读弗罗斯特的诗《精通乡下事务之必要》,并且思考一下:"精通乡下事务"是指懂得怎么干农活,还是别的什么?让我们一起品读。

精通乡下事务之必要

作者:罗伯特·弗罗斯特
译者:雷格

房子已烧掉,为午夜的天空,
再一次带来落日的金晖。
如今只剩下烟囱兀立着,
仿佛花瓣落尽后的花蕊。

假如不是风的意愿,
路对面的谷仓早就和房子一同

毁于大火,现在它留下来
独自顶着废弃的地名。

它再不会将一侧完全敞开,
迎接石路上过来的一队队大车,
马蹄匆匆敲击着地面,
满载夏日的收获掠过干草垛。

鸟儿穿过天空来到这里,
从残破的窗子飞进又飞出,
它们的咕哝更像是我们的叹息
因耽溺于过往而倾吐。

然而丁香为它们发出新叶,
老榆树也一样,虽然曾被火舌触及;
枯涸的压水井尴尬地扬起臂膊;
篱笆桩上还缠着一段铁丝。

它们真的没什么可悲伤的。
尽管幸存的鸟巢让它们欢喜,
人还是得精通些乡下事务,
才不至于相信菲比鹟会哭泣。

09 让人读不懂的诗算是好诗吗?
艾略特的荒原

> 诗人必须变得愈来愈无所不包,愈来愈隐晦,
> 愈来愈间接,
> 以便迫使语言就范,
> 必要时甚至打乱语言的正常秩序来表达意义。
> ——艾略特

托马斯·斯特恩斯·艾略特
Thomas Stearns Eliot
1888-9-26—1965-1-4

英国诗人、剧作家和文学评论家,诗歌现代派运动领袖,出生于美国密苏里州的圣路易斯,代表作品有《荒原》《四个四重奏》等。他为现代诗歌带来了新的美学原则,也是一把衡量现代诗人的标尺。

他艰难的欧洲岁月

音乐剧《猫》里面有一个经典唱段叫（*Memory*），大家可能听过。这部音乐剧是根据一部儿童诗集《老负鼠的现世猫书》改编的，这部诗集的作者就是这一辑要介绍的英国诗人艾略特。"老负鼠"是艾略特的绰号。

艾略特本来不是英国人，他出生在美国密苏里州的圣路易斯。他家里给他设计的职业生涯规划就是做一个哲学教授，所以他在哈佛大学学的是哲学。不过在那个时候美国年轻人中间，最时髦的事情就是到欧洲去镀金。为什么呢？因为当时欧洲比美国文化先进，去一趟欧洲回来，就洋气了。像前面讲过的弗罗斯特，还有海明威、福克纳这些作家，都去欧洲镀过金。艾略特也不例外，他先是去了法国，后来去了英国的牛津大学。没想到这么一去，他就再也没有回美国，而是在英国开始了他现代诗歌巨星的职业生涯，并且深刻地影响了整个20世纪的现代诗歌历史——这个角色，只有他一个人当得起。

乍一听，艾略特诗歌生涯还挺顺利的。其实，艾略特的欧洲岁月开始的时候也充满坎坷，是一段辛酸史。

举个例子吧。他刚结婚的时候，和新婚妻子薇薇安租住在一栋破旧的公寓楼里。他的楼上住了两个女孩，是两个小歌星。她们有个毛病，就是噪声扰民，要么是推开窗户和楼下的人大声说话，要么就是夜里把留声机放得山响，吵得艾略特没法写作。他就找房东投诉。你猜猜房东怎么回答，他说："艾略特先生，你要理解艺术家，艺术家就是这个气质，咱们普通老百姓，得对艺术家宽容点。"

这就尴尬了！也许艺术家可以享受某些瞎胡闹的特权，但这个特权是属于艾略特这样的人，还是属于两位小歌星那样的人呢？谁是真正的艺术家，人们能一眼看出来吗？

总而言之，那个时候的艾略特可不敢耍大牌。他生活很艰难，光靠写诗是不能够养家糊口的，还要做别的工作。他当过中学老师、银行职员、杂志编辑，还得去做讲座，给人讲课来补贴家用。

那他什么时候写诗呢？据他银行里的同事说，他有时候跟客户谈话，或者是口述一封信，说着说着，突然间就走神了，从旁边抓过一张纸，唰唰写上几行字，然后再接着谈。这就是诗的灵感来了，赶紧写下来。

他的贵人庞德

艾略特的诗歌之路说难也不难，因为他遇到了一个贵人，就是他的好友、诗人庞德。艾略特和庞德两个人的性格截然相反：艾略特内向拘谨，而庞德却热情似火。"老负鼠"这个绰号就是庞德给艾略特取的。负鼠遇到危险时有个求生的绝技，就是装死。艾略特也爱装死，很像负鼠。比如，艾略特见朋友的时候，往往会脸色发灰发绿。其实那只是他自己往脸上搽的绿色脂粉。这是干什么呢？无非就是扮惨，来博取朋友的同情。

他的这种性格对他的诗是有影响的。他非常喜欢把自己藏在诗句背后说话，喜欢戴着面具说话，而那些戴着面具的人物所说的话又总是吞吞吐吐、欲言又止，这都和他的性格一脉相承。

他的成名作《普鲁弗洛克的情歌》的主人公普鲁弗洛克就是这样的一个人。他是个中产阶级城市青年，内心敏感丰富却未老先衰；他准备去参加一次聚会，甚至希望向聚会中某个附庸风雅的女士表白，可是又充满了怯懦和疑虑；最终他只能耽于幻想，完全不能付诸行动。

所以在诗中，女士们是这样的：

在房间里女人们来了又走，
嘴里谈着米开朗琪罗。

普鲁弗洛克则不断地自问：

我是不是敢
扰乱这个宇宙？
在一分钟里还有时间
决定和修改决定，过一分钟又推翻决定。

庞德和艾略特之所以能结下深厚友谊，起因就是庞德读到了艾略特的这首《普鲁弗洛克的情歌》。他一读之后发现，这是一个大诗人啊，就不遗余力地向伦敦的文学圈子推荐艾略特。艾略特的第一本诗集就是庞德帮他出版的，连印刷费都是庞德的妻子赞助的。

咱们前面说过，按照艾略特父母的安排，他本来应该去当一名哲学教授，而不是写诗，所以他父母对他很不满。这个时候也是庞德替他出头，给他父母写信，说你们放心，别着急，你儿子是个大诗人，一定会写出名堂来的。庞德还觉得，艾略特在银行工作耽误了他写作，就谋划着让作家们一起凑份子，凑一笔年金，让艾略特不用为生计操劳，可以安心写作。不过艾略特谢绝了，所以这个事才没成。

庞德对艾略特这么够朋友，艾略特用什么回报他呢？艾略特把他最著名的作品——长诗《荒原》题献给庞德，称庞德为"最卓越的匠人"。庞德是当之无愧的，因为他实际上是这首诗的接生婆、助产士。原来艾略特这首诗写得很长，他把诗稿寄给庞德以后，庞德就对它进行了整体的删改，删掉了足足三分之一的篇幅，剩下的就是我们现在看到的这个版本。这个版本的《荒原》是整个现代诗歌史上最著名的作品，是一部划时代的里程碑式作品，它给当时所有读者带来了一种震撼：原来诗还可以这样写啊！

他的诗学抱负与贡献

那么《荒原》的独特性在哪里呢？或者说，透过《荒原》，能看到艾略特怎样的诗学追求与抱负呢？

《荒原》就像一幅巨幅的拼贴画，把抒情的、叙事的、比喻的，把对话、咏叹调、讽刺、小品、神话、现实，都交织在一起。艾略特在诗里一共引用了36个作家、56部作品，使用了7种语言，德语、梵文、希腊语都有。

最要命的是，它好像要故意制造混乱，并没有一条主线让我们把握，也看不见所谓的"持续不断的思想之流"，我们只能靠着那些若有若无的暗示瞎猜，结果是诗显得非常晦涩。那你说，这不是缺点吗？诗连看都看不懂，还有什么好的呢？

其实，艾略特本人说得很清楚，诗歌所遵循的是"想象的秩序""想象的逻辑"，把人们平常的秩序和逻辑中那些起连接作用的环节都省略了。假如读者不是过于拘泥，而是让这种复杂、纷乱的意象唤醒自己敏感的记忆，诗就不显得那么晦涩了。

还是打一个比方来说明吧。假设有两棵树，一棵是小树，能数得清有三根或五根树枝，每根树枝上有几片树叶也很清楚。另外一棵是大树，有多少根树枝我们不知道，因为树叶太多，把树枝都遮住了，风一吹便哗哗抖动，有时里面还会飞出几只小鸟来。现在请回答：这两棵树哪一棵更美，哪一棵更迷人？人们能够明白无误地领会的诗就是那棵小树，而艾略特的《荒原》就是那棵大树，枝繁叶茂。

另外，我们一直有一个误解，认为诗是纯粹抒发感情的。但我们看，在艾略特那里，有很多的引文可能来自文献，也可能是他听到的某一个人的话。他实际上是在诗歌里引入了戏剧性的冲突，产生戏剧化的效果，而诗人本身退后半步，藏在诗句背后。这就形成了一种效果，叫作间离效果，或者说陌生化效果。它的作用是让读者主动地参与诗歌的建造。没有学问的人读他的诗很费劲，但明白了以后就会觉得精妙无比。

这就是艾略特对诗歌史最独特的贡献，他极大地丰富了诗歌的表现手段，给诗歌带来了一场革命。即便他所呈现的是一种混乱，那实际上也是与整个时代的风貌密切相关的——换句话说，他的诗歌是对时代精神的一个概括和提炼，甚至是象征。那个时候正值第一次世界大战刚刚结束，整个西方现代社会在精神上呈现为一种荒原状态，人人都经历着严重的精神危机，每个人都陷入孤独、苦闷、迷茫，宗教衰落了，文明也经历着严重的危机。于是，艾略特就用他的诗把这样一个面貌完整地、艺术性地呈现出来。

他是一把衡量诗人的标尺

应该怎么样给艾略特定位呢？

第一，他是一个革命性的诗人。他在现代诗歌变革的年代开风气之先，而且像铂金丝在化学反应中一样，在诗歌变革的历程中起到了催化剂的作用。

第二，他是一个诗歌的艺术大师。这里我只举一个例子，我们说他善于在诗中创造戏剧化场景，他的艺术才能可以保证他不需要太多条件，即便是在一些即兴小品中也可以得心应手地完成。他有一首诗叫《海伦姑姑》，这首诗讽刺一个老富婆死后众人的种种表现，

结尾处的一个情节非常精彩,把人的空虚冷漠、有欲无情,以一种具象的、闹剧的方式展现出来,极为老辣:

而那个男仆高高坐在那张餐桌上,
膝盖上把那第二号女仆搂抱得紧紧——
他女主人在世时,他曾一直是那样谨慎小心。

第三,他是一个诗歌明星。《荒原》成了一部现象级作品,出版以后有很多年轻诗人模仿。因为《荒原》里频繁写到石头和灰尘的意象,结果有一段时间,编辑部收到的投稿里边全是石头、灰尘,简直是灾难,把编辑烦得不行。

艾略特还有一部重要作品叫《四个四重奏》,是他的巅峰之作,这首诗对永恒和时间进行了形而上的探讨。那时候艾略特太火了,火到什么程度呢?他得到了商业界的青睐。美国有一个著名的轮胎公司附庸风雅,把艾略特表达哲学思考的诗句放在高速公路旁边的大广告牌子上:

时间现在和时间过去
也许都存在于时间将来

这就好像现在的某些房地产广告特别喜欢引用海子的诗句"面朝大海,春暖花开",却根本不管诗人的本意如何。

最后,艾略特是一把衡量其他诗人的标尺。可以说艾略特"出道即巅峰",现代诗的美学原则和标准就是从他开始确立的,他是一个绕不过去的关键人物。

人们衡量、评价一位现代诗人,要么是艾略特之前的,要么是艾略特之后的;要么是学艾略特的,要么是反艾略特的。总之,要想办法走出艾略特的阴影才行。

品读时间

最后,请读一读艾略特的诗《海伦姑姑》,体会艾略特所使用的讽刺手法,并且思考一下:海伦姑姑在作者眼中是个什么样的形象?让我们一起品读。

海伦姑姑

作者:托马斯·艾略特
译者:裘小龙

海伦·斯林斯比女士是我未嫁过人的姑姑,
住在一所小房子里,靠近一块时髦的地段,
前前后后地照顾她,仆人足足有四个。
现在她与世长辞了,天国里一片安静,
她居住的那条街的尽头,同样是阒寂无声。
百叶窗已拉下,殡仪员擦了擦他的鞋——
这样的事以前也发生过,他清楚。
那些狗倒是照看得好好的,食料挺足,
但过了不多久,那鹦鹉却也一命呜呼。
德累斯顿出产的钟依然在壁炉上滴答响,
而那个男仆高高坐在那张餐桌上,
膝盖上把那第二号女仆搂抱得紧紧——
他女主人在世时,他曾一直是那样谨慎小心。

10 人生之旅最重要的是过程还是终点?
卡瓦菲斯的挽歌

> 我读过许多不同译者译的卡瓦菲斯的诗,
> 但每一首译诗都可以立即被辨认出来,
> 那是卡瓦菲斯的诗。
> 没有人可以写他那种诗。
> ——奥登

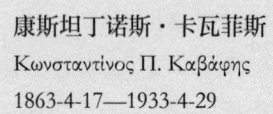

康斯坦丁诺斯·卡瓦菲斯
Κωνσταντίνος Π. Καβάφης
1863-4-17—1933-4-29

生于埃及亚历山大,希腊最重要的现代诗人。他潜心创造了一种无论在词汇还是句法上都很纯朴的希腊语言,给希腊诗歌注入了新的血液。他的诗风简约,集客观性、戏剧性和教谕性于一身。他是一个能把历史做成美学切片的诗人。

带一本诗集去旅行

有一句时髦的话,叫"带一本书去旅行"。如果去旅行,大家会带什么书?我建议带上一本诗集,去哪个地方就带这个地方最好的诗人的诗集。可能这本诗集比旅游攻略还管用,它能够让这趟旅行更充实、更有意义,你可能因此对这个地方的精神实质有更好的把握。我去希腊旅行的时候带的就是希腊诗人卡瓦菲斯的诗集,读起来特别有感觉。雅典卫城的帕提侬神庙旁边有一道矮墙,我就一边看着神庙,一边坐在墙上读卡瓦菲斯的诗,情景交融,对希腊文明的理解也更深了。

关于旅行,卡瓦菲斯有一首名诗叫作《伊萨卡岛》,写得非常好。这首诗的开头三句是这样的:

当你启航前往伊萨卡,
但愿你的旅途漫长,
充满冒险,充满发现。

就这么短短三句,实际上隐含了三个问题,把这三个问题解释清楚以后,就能够理解这首诗、能够理解卡瓦菲斯这个诗人了。

关于伊萨卡的三个问题

第一个问题是,伊萨卡在哪儿?

伊萨卡是希腊本土西海岸外面的一个小岛。这个岛的特殊之处在于它是奥德修斯的家乡。奥德修斯是谁呢?就是特洛伊战争里面希腊联军那个足智多谋的军师,也是那个发明特洛伊木马的人。奥德修斯在参加战争之前就是伊萨卡的国王,战争结束以后,他从战场上返回家乡,历尽了千辛万苦。这整个过程被荷马写下来,就是史诗《奥德赛》。所以第一个问题大家弄明白了,启航前往伊萨卡不仅是一次普通的旅行观光，实际上也是对历史的一个呼应和回顾。

第二个问题，卡瓦菲斯为什么说"但愿你的旅途漫长"？

对于这个问题，卡瓦菲斯在后面的诗里作了一个解答。他是这么说的：

> 但千万不要匆促赶路，
> 最好多延长几年，
> 那时当你上得了岛你也就老了，
> 一路所得已经教你富甲四方，
> 用不着伊萨卡来让你财源滚滚。

他的意思是，人们旅行的时候不要想一下子就到达目的地，而是要充分享受旅行的过程，在这个过程中会有很多的收获，可以让自己变得充实，而像伊萨卡这样的旅行终点本身是不是富有，已经变得没那么重要了。他为什么说"当你上得了岛你也就老了"？其实这是向读者做了一个暗示：前往伊萨卡的旅行，就象征着我们完整的人生旅途。

第三个问题，旅程中为什么会"充满冒险、充满发现"，人又会经历什么、得到什么呢？

首先，这趟旅行会遇到很多危险。卡瓦菲斯在诗里写了，有海神波塞冬、有吃人的巨人、有独眼巨人、有海上的风浪，还有一些诱惑，等等。这是奥德修斯经历过的，也是每个人都可能遇到和经历的。

然后，这趟旅行会有极大的收获。当人抵御了这些危险和诱惑，就获得了成长，这时候就会有很多新的风景被发现。比如有很多港口，在港口里有腓尼基人的市场，他会在市场上买到奇异的物品，像珍珠母和珊瑚，像琥珀和黑檀，他在这个过程中其实还能增长见识。然后他会拜访一些著名的城市，像亚历山大，在那里可以见到很多有学问的人，他也就获得了知识。

最后，旅行者会得到最终的满足。就是这样一些收获，让他的人生旅程在到达目的地之前就已经很完满了，所以最后当他到了伊萨卡，发现那里其实很穷，没有什么出众之处时，他自己也不会不满意，因为他想得到的东西已经得到了。

从对这三个问题的分析中，大家可以看出卡瓦菲斯是一个怎样的人、他在干什么。他实际上是在写希腊的历史，也写人生的旅程，他的诗是对历史的回声，同时也充满了人生哲理。

他是一个怎么样的希腊诗人？

我前面提到了一个地方，就是亚历山大。其实，卡瓦菲斯并不是一个标准的希腊人。他是一个希腊的海外侨民，埃及的亚历山大才是他生于斯长于斯的故乡。他一辈子主要就在亚历山大居住，希腊本土他也就去过两三回；有意思的是，他把伊萨卡岛写得这么好，其实根本就没去过。

那卡瓦菲斯还算是一个希腊诗人吗？

当然算了。要知道，希腊文化是整个西方文明的一个源头，它不只在希腊本土发展，实际上对整个地中海世界都有很大的影响。在当时，希腊文化的影响力最远到达印度。就拿亚历山大来说吧，这是一个希腊人建造的城市，从名字上就可以看出来和亚历山大大帝有关。后来有一个时期叫作希腊化时代，就是从亚历山大大帝去世直到罗马征服整个地中海世界的300年时间。在整个希腊化时代，亚历山大就是希腊化世界的文化中心，那里有全世界最大的图书馆。

所以卡瓦菲斯对希腊文化有着非常深厚的感情，可以说是心向往之。他关注希腊文化辉煌的时候，也感叹希腊文化一步步地走向衰亡。他写了很多希腊的历史，写了很多时期，包括古希腊时代，包括希腊被罗马征服的时代，包括基督教崛起的时代，还包括奥斯曼帝国征服希腊的时代，他写的是整个希腊文化漫长的衰变的过程。

所以说，卡瓦菲斯当然是一位希腊诗人，他在为衰落的希腊文明写挽歌。

用诗歌重新写出历史的况味

可能有的读者会想，用诗写历史，那得多枯燥、乏味啊？

这就是卡瓦菲斯的特殊之处。他把历史写得特别生动、特别有趣，而且展现了一种非凡的创意思维的能力。咱们也总结三条。

第一个，他写的希腊历史是通过一个个瞬间和一个个具体的场景来体现的。就像我们在生物课上做的那种切片标本，他把希腊历史、希腊文明都做成了一个一个小的切片，这能让读者有非常直观的感受。

第二个，他通过虚构，让这些切片变成了非常鲜活的东西。比如说，他写的一个历史场景大致是真实的，但是在里面活动的人，特别是一些小人物，却都是他虚构的，比如一个文法学家、一个教师、一个学徒、一个雕刻家、一个宫廷里的弄臣等等，各式各样的人都在里面。这样写有什么好处呢？我们看到的历史一般都是写一些大人物的，从来不记录小人物，其实挺干巴的。但卡瓦菲斯往里边装上一些小人物，历史马上就生动了、鲜活了。

他第三个有创造性的地方，是他在诗的写法上和当时的主流希腊诗歌保持距离，有自己的一套。他这一套是什么呢？就是语言特别简洁明快，把诗歌里边所有的修饰全部去掉，不打比方，不说伤感的话，平铺直叙，就把历史的一幕幕展示在你面前，让你自己去体会，非常直接。

卡瓦菲斯生前很寂寞，名气不大，没有正式出版过自己的诗集；但他死后，大家逐渐认识到他的价值，认为他是整个20世纪最出色的诗人之一。其中，他对诗歌语言的这种革命性贡献，就是让很多诗人特别赞佩的地方。

写历史，就是写当下

再举两个例子吧。他有一首诗叫作《等待野蛮人》，是这么写的：

为什么我们的皇上这么早就起来，
为什么他坐在城市的大门口，
在宝座上，戴着皇冠，英武威严？

卡瓦菲斯写的不光是皇帝，还有那些王公贵族，全都穿戴得漂漂亮亮的，集合到广场上来。他们干什么呢？他接着写：

因为野蛮人今天要来，
而这类穿戴会使野蛮人目眩。

原来他们是在等野蛮人来，准备给野蛮人一个下马威。野蛮人就是北方的蛮族。那他们是等待野蛮人来进贡，还是来求和？都不对。野蛮人是征服者，已经打进了这个国家，皇帝和大臣们到广场上，实际上是去投降的，但是投降的时候还要显得自己比野蛮人文明。都快亡国了还这么好面子，这就可笑极了，完全是一个欧版的"精神胜利法"。

他还有一首诗，写一个外国的王子到亚历山大来访问。这个王子的名字是个希腊式的名字，其穿着、举止也都是希腊式的，非常高雅，但是这个王子不怎么爱说话。他这样写：

人们都说他肯定是个深刻的思想家，
而像那样的人一般都不大说话。

实际上是怎么回事呢？实际上这是个粗俗的人，生怕一开口就露怯，所以才憋着不说话，以致把自己都憋坏了。

而他几乎就快发疯了，因为
他要把那么多的话装在心里。

卡瓦菲斯就用这样一个场景，轻描淡写地讽刺了那种附庸风雅的人。

所以说，他虽然写的是希腊的历史，但分明是在写我们的当下。人性的种种悲哀、狂妄、虚荣、可笑，不都是一样的吗？

这就是为什么这一辑我要介绍一个生活在100年前的希腊诗人。卡瓦菲斯在诗里总结的一些道理，比如说人应该怎样度过一生、应该怎样把握当下的每一刻，对于我们今天为人处世，树立正确、健康的三观，也都是有启发、有益处的。

品读时间 | 最后，请读一读卡瓦菲斯的诗《伊萨卡岛》，并且思考一下：卡瓦菲斯在最后一句说的是"这些伊萨卡"，伊萨卡为什么从单个变成了多个？让我们一起品读。

伊萨卡岛

作者：康斯坦丁诺斯·卡瓦菲斯
译者：黄灿然

当你启航前往伊萨卡，
但愿你的旅途漫长，
充满冒险，充满发现。
莱斯特律戈涅斯巨人，独眼巨人，
愤怒的波塞冬海神——不要怕他们：
你将不会在路上碰到诸如此类的怪物，
只要你保持高尚的思想，
只要有一种特殊的兴奋
刺激你的精神和肉体。
莱斯特律戈涅斯巨人，独眼巨人，
野蛮的波塞冬海神——你将不会跟他们遭遇，

除非你将他们带进你的灵魂,
除非你的灵魂将他们耸立在你面前。

但愿你的旅途漫长。
但愿那里有很多夏天的早晨,
当你无比快乐和欢欣地
进入你第一次见到的海港:
但愿你在腓尼基人的贸易市场停步
购买精美的物件,
珍珠母和珊瑚,琥珀和黑檀,
各式各样销魂的香水
——尽可能买多些销魂的香水;
愿你走访众多埃及城市,
向那些有识之士讨教再讨教。

让伊萨卡常在你心中,
抵达那里是你此行的目的。
但千万不要匆促赶路,
最好多延长几年,
那时当你上得了岛你也就老了,
一路所得已经教你富甲四方,
用不着伊萨卡来让你财源滚滚。

是伊萨卡赋予你如此神奇的旅行,
没有她你可不会启航前来。
现在她再也没有什么可以给你的了。
而如果你发现她原来是这么穷,那可不是伊萨卡想愚弄你。
既然你已经变得很有智慧,并且见多识广,
你也就不会不明白,这些伊萨卡意味着什么。

11 居然有诗人像孙悟空一样会七十二变
佩索阿的分裂

> 我们的个性即便对我们自己也是深不可测的。
> ——佩索阿《不安之书》

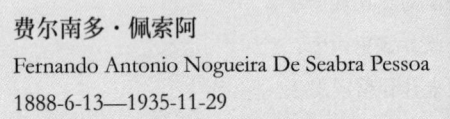

费尔南多·佩索阿
Fernando Antonio Nogueira De Seabra Pessoa
1888-6-13——1935-11-29

20世纪伟大的葡萄牙诗人、作家,被誉为"欧洲现代主义的核心人物",代表作有《使命》《守羊人》《不安之书》等。生于葡萄牙里斯本,除青少年时代在南非度过外,一直居住在里斯本,以会计和商业信函翻译等无关文学的职业谋生,47岁时死于肝病。佩索阿创造了一个庞大而独特的文学世界,其中活跃着一百多个虚构的"异名"。

他的七十二般变化

《西游记》里唐僧有三个徒弟，沙和尚会三十二变，猪八戒会三十六变，而最厉害的就是孙悟空，会七十二般变化，神通广大。我要讲的这个诗人，就像孙悟空一样会七十二变。他就是葡萄牙诗人佩索阿。

佩索阿是个什么样的人呢？他出生在葡萄牙的首都里斯本，少年时代去南非生活过，然后又回到里斯本，也死在里斯本。他是一个公司里的小职员，每天上班、下班、喝酒、写作，一辈子也没结婚，死的时候才47岁，度过了平淡无奇的一生。但是，这普通的一生让他过成了一种行为艺术，这个行为艺术就是，他给自己取了72个异名。

什么叫异名？就是和自己的名字不同的名字。你会说，一个作家不同的名字，那不就是笔名吗？但异名不是笔名：笔名还是你自己，只不过是换了一个说法；异名却不是你自己，而是一个完全不同的人，是作家以另一个人的身份来写作，这就叫异名。佩索阿不仅有异名，还有半异名。什么意思呢？就是这个异名的拥有者，他的生活经历、性格和佩索阿自己比较接近，就叫半异名。这么多的异名者，每一个佩索阿都给他创造了一个完整的生平，他有名字，有传记，还有长相、性格、职业、家庭、朋友，是完全虚构的一个完整的人。最有意思的是，每个人都有星座，他们的星盘还是佩索阿亲自推演的。

大家肯定会觉得特别神奇，一个两个异名还可以，可72个异名，光记都记不过来，但是佩索阿居然就把他们一一创造了出来。根据最新的统计，他的异名有100多个。佩索阿这种诗人就好像电影演员一样，演一部电影就过了一个新的人生，比普通人的生活要丰富好多倍。这就证明了一个文学家的心有多大，他的世界就有多么神奇。佩索阿自己在诗里也写道：

而我的心略微大于整个宇宙。

他的四个异名诗人

咱们再来讲讲佩索阿这 72 个异名都是干什么用的：有的是他作为一个少年想象中的朋友，有的是写散文的文学家，有的是诗人……在这些异名者中，写诗的主要有四个人。

第一个叫作卡埃罗，是一个田园诗人，这个人写的诗比较神秘，他喜欢思考，很早就去世了。

第二个诗人叫冈波斯，是一个海洋工程师，他身上有一种虚无主义倾向。

第三个诗人是一个医生，叫作雷耶斯。这是一个有点古典主义倾向的诗人，写过很多爱情诗。

第四个就是本名的佩索阿。这个本名的佩索阿是一个烟鬼，喜欢站在窗前做白日梦，他的诗都是一些象征性的诗，很多都是写灵魂的。

这四个诗人各自都有一部诗集问世。

乍一听，是不是觉得有点乱？好像是三个假的佩索阿加一个真的佩索阿。但是这个看法又不准确了。本名的佩索阿并不是佩索阿本人，他本人和这个叫佩索阿的异名诗人是有区别的，不能够画等号。

甚至可以这么说，本名的佩索阿也是他创造的一个角色，就等于他也是在替生活中的佩索阿写诗。这就是神奇的分身术。那到底哪一个才是真正的佩索阿？可以这么说，每一个都是佩索阿；但他们加在一起，他们写的东西加在一起，再加上他们之间的互动，这个总和才是佩索阿。

是的，每一个异名都不是孤立的，异名之间有频繁的互动，关系还特别密切。可以说，这四个诗人构成了一个诗歌的小宇宙，小宇宙里边有主有次，其中有一个太阳、一个核心，这个核心就是田园诗人卡埃罗，剩下的工程师也好，医生也好，或者是本名佩索阿也好，都是围绕他旋转的行星。这个田园诗人给医生写过诗，工程师和医生都崇拜他，医生算是他的门徒，工程师有的时候会向他发出挑战，医生和工程师是对手，无条件地捍卫导师田园诗人。本名佩索阿读了田园诗人的诗，受到启发，于是写出了自己的名作。

他们四个就是这样的关系，非常错综复杂。

再想一想吧，这全是佩索阿的虚构。

异名诗人看待世界的不同方式

佩索阿所创造的四个诗人，他们的诗是什么样的呢？现在就通过他们看待世界的不同方式，来看一看他们之间的区别。田园诗人卡埃罗写的诗是这样的：

创造世界不是为了让我们思考它，

思考是眼睛害了病，

而是让我们注视它，然后认同。

他反对人们去思考世界，主张人应该去感受世界和无条件地接受世界。这是田园诗人卡埃罗。

工程师冈波斯的诗是这样的：

> 我是虚无，我将总是虚无，
> 我不情愿成为别的什么。

他实际上是在否定世界。他认为世界的本质是虚无，什么都没有。这是工程师冈波斯作为一个悲观的人看待世界的方式。

医生雷耶斯这样写：

> 幸福的人，把他们的欢乐放在微小的事物里，
> 永远也不会剥夺属于每一天的、天然的财富。

很显然，他这个人就比较乐观。他认为世界给每个人的心灵带来了欢乐，给大家带来了幸福。这是日常医生雷耶斯的看法。

那么本名佩索阿怎么看这个世界呢？本名佩索阿相对来讲要复杂一点，他会这么讲：

> 我的灵魂寻找我，
> 穿过山冈与山谷，
> 我希望我的灵魂永远找不到我。

他认为世界是他灵魂存在并且行动的一个场所，他实际上讲的是人的心灵在世界上历险的一个过程。

四个诗人，四种看待世界的方式，差别还是很明显的。

他的"心灵的分身术"

不过，虽然这四位诗人各有各的风格，但读者也能感受到，其实他们的诗整个都呈现出一点悲凉的调子。也就是说，人的灵魂还找不到一个可以寄托的避风港。

为什么会这样呢？这实际上和佩索阿的生活经历、和他的时代背景有着密切的关联。关于生活经历我讲了，佩索阿是一个社会的边缘人物，产生这种边缘的疏离感是很正常的。

那个时代的面貌是什么样？佩索阿生活的时代是20世纪初，那时候整个欧洲人们的精神普遍苦闷和迷茫。一方面，尼采说上帝死了，宗教地位下降了；另一方面，社会生产的发展使得物质生活对人形成了很大的压力。这样一来，为精神寻找出路就成了那个时候的诗人要做的事情，其方式就是对传统的诗歌形式进行变革，来适应当时这样一种社会现实。

本辑前面介绍过一位诗人艾略特，特别巧的是，佩索阿和艾略特是同年，都是1888年出生的，而且他们两位都是勇敢地承担这种职责的诗人，不过做法有非常大的区别。艾略特在变革传统诗歌形式的时候把戏剧引进了诗歌，就是创造一种戏剧化场景；佩索阿却像写小说一样，他借助的是虚构，虚构不同的诗人角色，就是前文说到的异名。艾略特把戏剧化场景引到诗里面，造成了拼贴画一样的效果；而佩索阿则把自己分成好多小块，每一个小块有自己独立的声音和生命，由他们来共同创造一个诗歌的世界。这是两个不同的方向，一个是向内聚拢，一个是向外发散。

佩索阿这种用异名来做自己分身的方式叫作"心灵的分身术"。为什么要着重介绍这种写法呢？因为在整个诗歌史上，像他这么做的前无古人，而且没有人做到过这个程度；甚至估计也是后无来者，因为后面的人也很难超越他。这就是佩索阿作为一个诗歌探索者最突出的贡献。

品读时间 最后，请读一读佩索阿的诗《因为我感受到了爱》，并且思考一下：为什么诗人没有看到花就能闻到花香？让我们一起品读。提示一下，这首诗被佩索阿归在田园诗人卡埃罗名下。

因为我感受到了爱

作者：费尔南多·佩索阿
译者：闵雪飞

因为我感受到了爱，
花香让我兴趣盎然。
从前，花儿的芬芳从不曾撩拨起我的兴致。
如今，我感受到了花儿的馨馥，好像看到了一样新事物。
我知道它们芳香，就像我知道我存在。
这些是从外面就能知道的事儿。
而如今，我用后脑吸气去知晓。
今天，品尝着芬芳，花儿使我餍足。
今天，有时我醒来，看见之前便已闻到。

12 对病榻上的父亲,我能说些什么?
狄兰·托马斯的疯狂

> 黑暗是路途,
> 光明是去处,
> 那从未也永远不会降临的天国,
> 才是真谛。
> ——狄兰·托马斯《生日感怀》

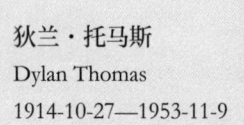

狄兰·托马斯
Dylan Thomas
1914-10-27—1953-11-9

英国诗人。出生于英国威尔士的斯旺西,因感情充沛的抒情诗和疯狂的个人生活闻名。其代表作有《通过绿色导火索催动花朵的力》《不要温和地走进那个良夜》等。托马斯中学时代就显露出诗歌天分,毕业后当了报社记者,后成为职业作家。他嗜酒如命,因为暴饮18杯威士忌而病逝于纽约。这位天才诗人的作品总是围绕着对立的主题——死亡与生命——展开。

行吟诗人的现代传人

还记得烧脑科幻大片《星际穿越》中,布兰德教授对主人公库珀反复吟诵的那句诗吗?"不要温和地走进那个良夜",这是什么意思呢?

"良夜"就是漫漫长夜,象征着死亡;"不要温和地走进那个良夜",就是不要向死亡低头。

这首诗的作者,就是天才的英国诗人狄兰·托马斯。

说他是英国诗人,可能还不够准确,应该说是英国威尔士诗人。大家知道,英国分为四个部分——英格兰、苏格兰、威尔士和北爱尔兰,各自有不同的族群,有不同的宗教、文化和历史。狄兰就是威尔士人。我之所以强调这一点,是因为在威尔士有行吟诗人的传统,而狄兰的一个先祖就曾经做过行吟诗人。正是这种诗歌传统在狄兰身上的影响,帮助狄兰在现代诗歌中独树一帜:他的诗音乐性非常强,特别适合吟诵。

狄兰本人就是一位朗诵高手。他的嗓音低沉、浑厚,还带着一点颤音,读起诗来铿锵有力、节奏分明,有强烈的感情。我就听过他朗诵自己的名作《不要温和地走进那个良夜》的录音,很受感染。

疯狂的狄兰,玩世不恭的狄兰

狄兰因为嗓音好,曾经为英国广播公司(BBC)做播音。可是狄兰有个毛病,就是爱喝酒。因为播音的时候曾经露出过醉态,所以他一直没能够成为BBC的正式雇员。说起来,狄兰的酗酒几乎成了他的痼疾,到最后甚至要了他的命。

怎么回事呢?狄兰小的时候身体不好,所以他感觉自己活不长,总有一种紧迫感。他称自己为"紧迫的狄兰""疯狂的狄兰",不仅疯狂写诗，在生活中也是一副今朝有酒今朝醉的样子。他的一个标准形象就是叼着烟卷、拎着啤酒瓶子，在小酒馆里边和粉丝们一起推杯换盏、高谈阔论。有人曾经总结过规律：头三杯，狄兰闷闷不乐；第三杯到第八杯，狄兰是世界上最健谈的人，妙语连珠；八杯以后，狄兰开始暴躁不安。

因为喝酒，狄兰还闯出很多祸，耽误过很多事。讲个故事：有一次，狄兰去美国访问，说好了去他特别喜欢的喜剧大师卓别林家里吃晚饭。可是还没见面，狄兰就已经先喝醉了。这可让卓别林非常生气，他不能忍受所谓的"大诗人"是这样一个撒酒疯的醉鬼，于是就把他轰走了。醉醺醺的狄兰也很不忿，临走时还在卓别林家门口的花盆里撒了一泡尿。

他一生中最后一次出格的壮举，是在纽约的白马酒吧连干了18杯威士忌，就此醉死在异国他乡，年仅39岁。

诗坛秩序的挑战者

不过，你可不要被狄兰表面上的颓废和玩世不恭给骗了。他不喝酒的时候、他写诗的时候，可以说是天底下最严肃、最认真的人。

狄兰开始诗歌创作的时候，英美诗坛的领袖是艾略特和奥登，大部分诗人都学习他们写智性的诗，喜欢卖弄学识，不怎么爱抒情。但狄兰觉得那样的流行写法太沉闷了，他想挑战诗坛的秩序，写出自己充满激情的诗。

结果，他写出的每一首诗都像是面对生命和死亡的一次奋不顾身的冲刺，不仅带着超强的热度，还带着优美的节奏和韵律——比如我前面提到的那首《不要温和地走进那个良夜》。

这首诗是狄兰写给他父亲的。当时他父亲病得很重，在病床上流露出悲观情绪。狄兰就用这首诗来激励父亲，要求父亲不要畏惧，不要坐以待毙，要向死亡发起最后的、暴烈的抗争。诗的开头是这样写的：

> 不要温和地走进那个良夜，
> 老年应当在日暮时燃烧咆哮；
> 怒斥，怒斥光明的消逝。

在这里，"光明的消逝"和"良夜"一样，指的都是死亡。对于死亡，狄兰的策略是直面和"怒斥"。

狄兰接着在诗里列举了各种人，包括"智慧的人""善良的人""狂暴的人"和"严肃的人"，并且指出他们不能也不应该"温和地走进那个良夜"，就是向死亡屈服。

全诗开头这句"不要温和地走进那个良夜"特别精彩，也让人印象深刻。这并不是阿Q式的精神胜利法，而是彰显了人的高贵和尊严。

狄兰还有不少以死亡为主题的诗，总是在一首诗的一开头就抛出一个精心构思的名句，一下子抓住读者，让人被这种激情感染，比如这句——"而死亡也不得统治万物"，还有这句——"太高傲了以至不屑去死。"

生和死，是一枚硬币的两面

狄兰除了死亡，还会写什么呢？是的，还有生命！

我们从狄兰的诗里会了解到生命和死亡就像一枚硬币的两面，是相互依存的。生命本身就意味着死亡，死亡又会孕育出生命。来读读这几句诗：

通过绿色导火索催动花朵的力
催动我绿色的岁月；炸裂树根的力
是我的毁灭者。

请感受一下狄兰是如何施展想象力的。强大的生命力就像火药，燃烧着，沿着植物的茎管一路向上，催开花朵，也催开人的青春。再想想我们自己年少时也曾经有这样的经历：从儿童长成少年，好像一瞬间的事，突然之间裤子就短了，鞋子就小了，就长过妈妈，快赶上爸爸了。这就是"通过绿色导火索催动花朵的力"。

狄兰也指出，这种旺盛的生命力同时也有危险性，如果不能沿着正确的轨道发展，也有可能导向毁灭、导向死亡。现在我们应该能理解为什么生命和死亡是一体的，相爱又相杀。

那么，人应该以什么样的态度对待生命和死亡？

其实，狄兰·托马斯已经给出了回答：首先要勇敢；其次，要展现人类心灵的高贵。就像他在诗里写的那样："高贵的心灵在所有爱的土地上都有见证人。"

品读时间 最后，请读一读狄兰·托马斯的诗《不要温和地走进那个良夜》，并且思考一下：他为什么对父亲说"用您的热泪诅咒我，祝福我"？让我们一起品读。

不要温和地走进那个良夜

作者：狄兰·托马斯
译者：巫宁坤

不要温和地走进那个良夜，
老年应当在日暮时燃烧咆哮；
怒斥，怒斥光明的消逝。

虽然智慧的人临终时懂得黑暗有理，
因为他们的话没有迸发闪电，他们
也并不温和地走进那个良夜。

善良的人，当最后一浪过去，高呼他们脆弱的善行
可能曾会多么光辉地在绿色的海湾里舞蹈，
怒斥，怒斥光明的消逝。

狂暴的人抓住并歌唱过翱翔的太阳，
懂得，但为时太晚，他们使太阳在途中悲伤，
也并不温和地走进那个良夜。

严肃的人，接近死亡，用炫目的视觉看出
失明的眼睛可以像流星一样闪耀欢欣，
怒斥，怒斥光明的消逝。

您啊，我的父亲，在那悲哀的高处，
现在用您的热泪诅咒我，祝福我吧。我求您
不要温和地走进那个良夜。
怒斥，怒斥光明的消逝。

小　结

诗歌，向着独立而生

　　这是第二辑。本辑介绍的六位诗人分别是法国诗人波德莱尔、美国诗人弗罗斯特、英国诗人艾略特、希腊诗人卡瓦菲斯、葡萄牙诗人佩索阿和英国诗人狄兰·托马斯。他们有一个共同的特点，就是都克服了他们所处时代流行的诗歌风尚的束缚，坚守独立的诗歌品格，对诗歌艺术做出了创新性的贡献，可以称为"诗歌，向着独立而生"。

　　一个时代有一个时代流行的风尚。大家也能够想象，顺着时代风尚走，会省很多的力气；可是这样做也有一个弊端。什么弊端呢？就是容易迷失自我，忽略了时代对你真正的呼唤。所以说，敢于拒绝时代风尚的影响、坚持自我的诗人，都是十分可贵的。一方面，他们都很笃定，有强大的内心世界。另一方面，他们都有对时代的深刻洞见，有鲜明的诗歌理念和主张，通俗点说就是，都拿得出真东西，经得起时间的考验。

　　说起来，这六位诗人各有各的坚守，各有各的过人之处。接下来一个一个说。

波德莱尔的城市

　　波德莱尔是19世纪法国象征派诗歌的先驱，也是现代诗歌的先驱，许多现代诗歌流派都把他当作开山鼻祖。那他有过什么样独特的贡献，才能够享有这样的至尊地位呢？他那个时代流行的诗歌是浪漫主义诗歌，写的大都是田园、自然等，但是他敏锐地嗅到了时代变化的气息。也就是说，随着资本主义工业时代的来临，城市成为人类精神活动的新空间。所以，他主要关注巴黎这个繁华的大都会，特别是关注它阴暗的一面。他就像一个城市里的拾荒者，把它丑恶、病态、冷酷、腐朽的东西统统收集起来做素材，为城市画像。当然，他最了不起的是特别善于用艺术化丑为美，他的诗集《恶之花》就是这么得名的。

弗罗斯特的乡村

和专写城市的波德莱尔恰恰相反，美国诗人弗罗斯特可以说是另外一种倔老头的形象，他所坚守的是对乡村的热爱。他专门写乡村和乡下人，写他们跟自然的搏斗，写他们的坚忍、讲原则，写他们看淡了生死的那一份骄傲。他的倔还表现在他对诗歌传统形式的坚守和忠诚。他最看不惯当时兴起的现代主义诗歌运动，看不惯那种把诗写得破碎和晦涩的做法。比如说，有些诗人写诗不押韵，他觉得那根本就是瞎胡闹，说："写诗不押韵，那跟打网球时场上没网子有什么两样？"他的坚持也是有回报的：他是美国20世纪最受欢迎的诗人，没有之一；他获得的官方荣誉也是最多的，没有之一，属于典型的"官民通吃"。

艾略特的荒原

说起"没有之一"，必须提到英国诗人艾略特。可以说他是20世纪现代诗歌最重要的人物，没有之一。在20世纪初的西方，文明经历着一场严重的危机，宗教丧失了至尊的地位，人们仿佛身处精神的荒原，价值观崩塌，孤独、苦闷、彷徨。这时候，艾略特的长诗《荒原》应运而生，让所有人都觉得震惊：原来诗可以这样写啊？就像一个大杂烩。他的这部划时代作品就把这种精神荒原的混乱面貌艺术性地呈现出来，而且为现代诗歌建立了全新的美学原则。什么美学原则呢？简单说，就是"抒情的客观化"，诗人本人不再主动走到前台，而是设置各种戏剧化的场景，借助他人的嘴说话。这就造成一种陌生化的效果，隐晦地传递深邃的思索。艾略特晚期的作品《四个四重奏》从诗歌技艺上看更加炉火纯青、登峰造极，但是从独创性上来看，还是《荒原》更重要。

卡瓦菲斯的挽歌

希腊诗人卡瓦菲斯的独创性得到许多现代诗人的推崇，可以用一句广告语来总结，叫作"一直被模仿，从未被超越"。他与当时希腊诗歌的主流反其道而行，写了一种朴素、简练到极致的诗，把那些华而不实的东西都丢掉了。他关注希腊的历史，特别是感叹曾经辉煌的希腊文明一步一步走向衰亡，所以他的诗总和起来，就是希腊文明的一曲挽歌。但他笔下的希腊历史不是大场面，都是一个个瞬间、一个个具体的场景，而且虚构了很多人物，把他们放在这些具体场景里，通过他们鲜活的表演，揭示人性的虚妄、可笑，告诉你许多值得记住的人生哲理。

佩索阿的分裂

葡萄牙诗人佩索阿的独创性是"心灵的分身术"，可以说是前无古人、后无来者。他就像会七十二般变化的孙悟空一样，给自己创造了72个异名，就是72个不同的身份。这些异名里有四个是诗人，构成了佩索阿诗歌的一个小宇宙。他们有各自的相貌、职业、性格、偏好，互相之间有各种互动。他们写的诗也有不同的风格，代表了不同的看待世界的方式。读佩索阿的诗，你的最大困惑可能是不知道这些异名中哪一个才是真正的佩索阿。我的忠告是，千万不能纠结这个。他在诗歌里表现出的这种"精神分裂"是对现实的反映；他们加起来，才是一个完整的佩索阿。

狄兰·托马斯的疯狂

狄兰·托马斯是第二次世界大战之后英国最重要的诗人之一。他对时代风尚的抗拒到一种近乎疯狂的地步，人称"疯狂的狄兰"。他不仅在生活中标新立异，而且在诗歌观念上也明确地反对艾略特、奥登他们建立的诗歌秩序。他觉得他们的诗偏重智力，太沉闷了，所以自己要写感性的、激情的诗。他的每一首诗都像是面对着生命和死亡的一次奋不顾身的冲刺，特别有温度，还带着优美的节奏和韵律。狄兰·托马斯的粉丝特别多。大家知道他最有名的粉丝是谁吗？就是歌手鲍勃·迪伦，他的艺名"迪伦"就是从狄兰·托马斯那儿来的。

第三辑

诗歌　观照世界的眼睛

13 诗歌里写的都是真的吗?
史蒂文斯的虚构

> 一首诗不是关于别的任何事物,
> 诗就是它自己,
> 它的存在不是为了说明什么。
> ——史蒂文斯

华莱士·史蒂文斯
Wallace Stevens
1879-10-2—1955-8-2

美国著名现代诗人,出生于美国宾夕法尼亚州的雷丁市。大学期间先后就读于哈佛大学、纽约法学院。长期就业于康涅狄格州哈特福德意外事故保险公司,1934年就任副总裁。其代表作有《冰激凌皇帝》《坛子轶事》《我叔叔的单片眼镜》等。这位富有而多才的人生赢家是很多诗人同行的"完美人生模板"。

金钱是一种诗歌

首先提一个问题：在诗人那里，诗歌和金钱是什么关系？估计你会认为，诗歌和金钱肯定没什么关系吧，诗人们不都视金钱为粪土吗？

不过，这一辑要介绍的这位诗人就比较随和，他说过："金钱是一种诗歌。"他就是美国诗人史蒂文斯。

史蒂文斯这个人可以说是一个人生赢家：他曾就读于哈佛大学和纽约法学院，学历高；他是一个现代诗歌艺术大师，素质高；他身材魁梧，1.90米，110公斤，个子高；不仅如此，他还挺能挣钱，在一家保险公司做到了副总裁，一直到去世，收入也高。所以，写诗和世俗生活在史蒂文斯身上能够神奇地并存，他可以写诗、赚钱两不误。

那他是怎样处理这二者的关系的呢？现在来讲一下这位副总裁的普通一天，大家感受一下。史蒂文斯的家离公司不太远，他每天早晨步行上班，一边走一边构思他的诗。一到办公室，他就把女秘书叫过来，把刚才在路上构思好的诗口述给她。女秘书噼里啪啦打好字，史蒂文斯就把纸片存在抽屉里。过了一段时间，他的抽屉里就积攒了不少的诗，他会拿出来看一遍，觉得好的，就改一改拿去发表；不太满意的，就顺手丢到废纸篓里。想想看，谁要是写诗才思枯竭了，去翻一翻史蒂文斯的废纸篓，该有多大的收获啊！

史蒂文斯这个人比较低调，他和文学界也保持着距离，只是偶尔才去参加文学圈子的聚会，而且不会让同事知道。有一次他喝多了，和海明威打了起来，一拳打在海明威的下巴上。我们都知道海明威是个有名的硬汉，硬汉的下巴也硬，结果海明威还没怎么着，史蒂文斯的手倒受伤了。他回来也不能讲实情，还得注意自己副总裁的形象，所以就说"这是我自己摔伤的"，给糊弄了过去。

那么他说"金钱是一种诗歌"，又怎么理解呢？他的意思可能是诗歌是开放的，什么都可以是诗歌，没必要把金钱单独排除出去，因为金钱也有诗意的属性。我再举个例子：在法国作家圣埃克絮佩里的童话《小王子》里，小王子访问的第四个星球上住着一个商人，他专门数星星，把数字搞得特别精确，然后就把这个数字存在银行里。小王子觉得这个商人干的不是什么正经事，不过他数星星、存银行倒是挺有诗意的。我想，这个故事也为"金钱是一种诗歌"做了一个佐证。

如果把史蒂文斯的人生经历总结一下，结论就是，他把写诗当成自己纯私人的事，把诗歌和他的职业处理成了一种互不干扰的平行关系，可以说是非常明智的。

史蒂文斯和弗罗斯特之争

从史蒂文斯和海明威打架这件事能看出来，他也不是那么随和。那他还有没有别的对头呢？还真有，就是前面介绍过的诗人弗罗斯特。

弗罗斯特跟史蒂文斯合不来，甚至还在一些场合说"史蒂文斯比我出道晚"。我们知道，弗罗斯特出第一本诗集的时候都快40岁了，但史蒂文斯比他还晚。他的第一本诗集《簧风琴》出版的时候，他都四十好几了，也属于大器晚成吧。

那弗罗斯特为什么要跟史蒂文斯过不去呢？大概有两个原因。第一个是他很看重史蒂文斯，把他当成对手；第二个是根本原因，就是这两个人的艺术观念是背道而驰的。

弗罗斯特写诗比较传统，善于写实；史蒂文斯写诗就比较抽象，他是诗歌现代性形成的关键时期的一个关键人物。这两个人在各自的诗歌道路上都走得特别远，都成了杰出的艺术大师，但是他们两个一见面就互嘲。史蒂文斯挖苦弗罗斯特说："你就爱写大主题。"弗罗斯特马上就反唇相讥："你就爱写小摆设。"

这个"小摆设"是怎么回事呢？

弗罗斯特所说的"小摆设"指的是史蒂文斯的一首诗,叫作《坛子轶事》。他在里面写了一只坛子,所以弗罗斯特讽刺他写小摆设。说起来,弗罗斯特还是挺有眼光的,因为这首诗集中体现了史蒂文斯诗歌的主要艺术特色。

他诗歌中的"大"和"小"

史蒂文斯诗歌的第一个特点就是大和小的反差。
《坛子轶事》这首诗的第一句是这么写的:

我把一个坛子置于田纳西,
它是圆的,在一座山上。

有点儿奇怪是吧?田纳西是美国的一个州,面积比江苏省还大;可一只坛子却很小,把坛子放到田纳西非常不协调。其实,史蒂文斯就是要通过这样一种强烈的反差来营造一个离现实比较远的、虚幻的、神秘的空间,这个空间是留给诗的,方便诗在里面自由地施展拳脚。

他不光在这首诗里面这么写,在其他的诗里也如法炮制,把美国的州名写进去。他有一首诗叫《卡罗莱纳》,第一句就是:

紫丁香在卡罗莱纳枯萎。

在另一首诗《尘世轶事》里,他是这么写的:

每当雄鹿们咔嗒嗒嗒地奔跑,
穿过俄克拉何马,
一只火猫就兀立在当路。

本来,一群雄鹿再能跑,也很难穿过俄克拉何马这么大的地方,可是史蒂文斯又给加上了一只不知从哪儿来的火猫,这只火猫不仅不能帮助雄鹿缩小这种大与小的差距,反而增加了神秘感。

如果你习惯了史蒂文斯的这些套路，就会发现其实这种反差是很好的诗的意境。

他诗歌中的"实"和"虚"

史蒂文斯诗歌的第二个特点就是实和虚的自由转换。

咱们还是看《坛子轶事》这首诗。史蒂文斯进一步描写这个坛子，他说：

坛子灰而赤裸。

就是说这个坛子没什么出奇的地方。那么问题来了：他把这个坛子写得这么具体，它到底存不存在呢？其实是存在的。史蒂文斯真的去田纳西的山区旅行过，而且他的行李里边就有这么一个坛子；实际上不是坛子，而是一种圆圆的玻璃瓶子，是一种装水果用的普通容器。

那么被他放到田纳西的坛子，就是这个破玻璃瓶子吗？也对，也不对。他放的既是一个实际的坛子，也可以理解为一个关于坛子的概念，是一个虚的坛子。这怎么理解呢？就是说这个坛子不一般，它从史蒂文斯的背包里一拿出来，就好像有了巨大的能量，要和它的周边环境发生关系。

还记得前面说的那只火猫吧？其实火猫和这只坛子起到的作用是一样的。它像个幽灵一样，不知道从哪儿钻出来，扰乱了雄鹿们咔嗒嗒嗒的步伐，对它们造成了困扰。无论雄鹿跑到哪儿去，向左转还是向右转，怎么都躲不开这只火猫。这只火猫既是实的猫，也是虚的猫。它有很强的象征性，很有可能就象征着命运。

史蒂文斯还有一组诗非常著名，叫作《观察乌鸫的十三种方式》。乌鸫是北美地区很常见的一种鸟，主要特点就是黑。那什么叫"观察乌鸫的十三种方式"呢？其实就是13首短诗，每一首里面都提到了乌鸫。里面的第一首是这样的：

周围，二十座雪山，
唯一动弹的
是乌鸫的一只眼睛。

雪山的雪白和乌鸫的漆黑形成了鲜明的对比。
第二首是这样的：

我有三种想法，
就像一棵树
上面蹦跳着三只乌鸫。

树的静和乌鸫的动又形成了鲜明的对比。
第四首是这样的：

一个男人、一个女人
是一个整体。
一个男人、一个女人和一只乌鸫
也是一个整体。

这很有意思，乌鸫只要一出现，哪怕一动不动，就把男人和女人的关系改变了，连着画风也改变了。

在这里，乌鸫和坛子、火猫起的作用是一样的，就是改变或者说改善我们观察世界的方式，说白了就是开脑洞。这种作用相当于化学里面的触媒，也就是催化剂。

那么乌鸫到底是实的还是虚的呢？其实已经不重要了，它最起码给读者带来了画面和意境，还有美的冲击。乌鸫就代表着艺术的精髓。

所以说，史蒂文斯在诗里做的，就是把真实和虚构之间的界限抹掉。这来自他的艺术观念，他认为诗歌的使命就是理解和研究虚构。他甚至有一首长诗干脆就叫《最高虚构笔记》。想一想，这和弗罗斯特是多么不一样啊！

他诗歌中的生活和艺术

那么,史蒂文斯花了这么大精力玩"虚"的,他是要干什么?这不是脱离生活吗?这就要说到他诗歌的第三个特色了,那就是:赞美艺术为世界、为生活带来的秩序。

在《坛子轶事》里,他是这么写的:

它使得零乱的荒野
环绕那山。

荒野向它涌起,
又摊伏于四围,不再荒野。

这是说因为坛子出现了,原本杂乱无章的、荒蛮的荒野有了一个聚焦点,它围绕着坛子形成了新的秩序。有了秩序,荒野的荒蛮特性就改变了。其实这里面隐含着他很深的一个诗歌观念,这只坛子象征着诗歌,象征着艺术本身。在史蒂文斯生活的20世纪初,西方的精神世界比较混乱和迷惘,宗教也起不到抚慰人心和提供秩序的作用,生活也像荒野一样杂乱无章。他的雄心壮志就是让艺术取代宗教,并且和尘世生活紧密结合起来,给这个世界一个新的秩序、新的信仰。

现在大家基本清楚了,这首诗的主题是艺术创造,是写作本身,其他几首诗也是写艺术的。这种以写作本身为主题的写作,这种关于写作的写作,就叫作"元写作"。

我个人学习史蒂文斯的最大的收获,就是通过读他的作品,不仅不再惧怕那些表面上晦涩难懂的诗了,还能从中领悟到艺术创造的秘密,了解到诗歌的世界就像星空一样,又广阔又迷人。

品读时间 | 最后,请读一读史蒂文斯的诗《坛子轶事》,并且思考一下:"空气中一个门户"最可能通向哪里?让我们一起品读。

坛子轶事

作者:华莱士·史蒂文斯
译者:陈东飚

我把一个坛子置于田纳西,
它是圆的,在一座山上。
它使得零乱的荒野
环绕那山。

荒野向它涌起,
又摊伏于四围,不再荒野。
坛子在地面上是圆的,
高大,如空气中一个门户。

它统治每一处。
坛子灰而赤裸。
它不曾释放飞鸟或树丛,
不像田纳西别的事物。

14 随身携带《论语》的外国诗人是谁?
庞德的庞杂

> 诗必须写得和散文一样好。
> 它的语言必须是一种优美的语言,
> 除了要有高度的强烈(即简洁)之外,
> 与一般的话没有什么两样。
> ——庞德《致哈莉特·芒罗的一封信》

埃兹拉·庞德
Ezra Pound
1885-10-30——1972-11-1

美国诗人和文学评论家,意象派诗歌运动的重要代表人物,美国艺术文学院成员,其代表作为长诗《诗章》。他从中国古典诗歌、日本俳句中生发出"诗歌意象"的理论,为东西方诗歌的互相借鉴做出了卓越贡献。庞德在诗坛的成就斐然,然而他在政治方面的表现让全世界瞪大了眼,原来大师也有异想天开的时候。

关在铁笼里的红胡子老头

先讲一个故事。1945年的5月,第二次世界大战在欧洲已经接近尾声了。在意大利的一个小镇拉帕洛,两名游击队员逮捕了一个60岁的红胡子老头,老头被抓走的时候,还不忘往自己的口袋里塞了一本中文的《四书》和一本汉英辞典。然后,游击队把这个老头移交给已经打到意大利的美军,美军把他关进比萨市郊外的美军惩戒训练中心,相当于劳改营。在劳改营,他被关在一个大铁笼子里。这个铁笼子就像动物园里面关大猩猩的那种铁笼子,是半露天的。后来看这个老头有点儿扛不住了,才把他转移到一顶帐篷里。

这个老头在劳改营里面做些什么呢?他主要是把《四书》翻译成英文,还弄了一台打字机,噼里啪啦地敲。除了翻译,他还写诗。他在铁笼子里能听见看守和其他囚犯讲的话,就把这些点点滴滴都写到他的诗里。他写作的时候,一抬头,还能看到那座著名的比萨斜塔。

这个红胡子老头到底是谁?他犯了什么罪,要被关起来?

他就是著名的美国诗人庞德。"二战"期间,他住在意大利,不仅支持意大利的法西斯头子墨索里尼,还去电台做节目,攻击美国政府。美国政府这下不干了,指控庞德犯了叛国罪,后来又把他引渡到美国审判,只是在审判的过程中,因为他患有精神病,就没有判刑,而是把他关进了精神病院,一关就是12年。

文学慈善家、活动家

你会觉得庞德这个人真是有病,支持谁不好,居然支持法西斯?庞德这个人在政治上的确很幼稚,是个糊涂虫。但在诗歌艺术上,他是一个不折不扣的大师,而且对现代诗歌的成形起到了举足轻重的作用。我讲三点。

第一点,他是一位了不起的文学慈善家、文学活动家。庞德23岁的时候从美国去了欧洲,去过英国、法国,后来定居意大利。因为他是一个特别外向的乐天派,所以他到任何一个城市去,就会迅速成为那里文学圈子的中心。

庞德帮助过很多人,比如前面介绍过的艾略特。庞德帮他删改了他的长诗《荒原》,还请自己夫人出钱帮他出版了第一部诗集。他帮助叶芝实现了诗风的转变,帮助弗罗斯特出版了他的第一本诗集,帮助海明威修改小说,还帮助乔伊斯出版了《尤利西斯》。他简直就是一个"活雷锋"!

庞德热情似火,跟作家、诗人朋友都能打成一片。比如说,他喜欢拳击,跟海明威对练过;他喜欢摔跤,有一次见弗罗斯特,上去就给弗罗斯特来了个过肩摔。

好人也有好报。前文说过,他被关在精神病院里,那是政府对他的一种惩罚,但实际上他未必有病。那么他是怎么放出来的呢?是因为弗罗斯特、海明威、艾略特这些人联手,不断向美国政府呼吁,他才获得了自由。

了不起的现代派诗歌领袖

第二点,他是现代派诗歌的一个了不起的领袖,就是说整个现代诗的兴起,和庞德的文学推广是分不开的。在庞德从事文学活动的那个年代,旧的抒情方式已经不能够表现西方世界精神生活的矛盾与复杂了,时代呼唤新的诗歌形式;而庞德就是现代派诗歌的头号倡导者和鼓吹者,他在当时发起了著名的意象主义诗歌运动。

什么叫意象主义？就是说写诗的时候，一定要借助意象来说话。大家现在可能会觉得诗歌的意象没有什么了不起的、很常见，但实际上，在那个时候去强调意象，对于诗歌发展来说是一个革命性的贡献，而且这个贡献的影响一直持续到今天。今天人们评价一首诗好不好，还会拿意象使用是否得当、是否有新意作为标准。

让中国文化成为西方诗歌的重要元素

第三点，庞德是第一个让中国文化成为西方诗歌重要元素的诗人。前文提到，他翻译了《四书》、他倡导意象的思想，实际上就是从中国的古代典籍里得到的启示。

他还有一个著名的文学口号，叫"日日新"，用来强调诗歌的创新。"日日新"也是他从《大学》里摘出来的，出自"苟日新，日日新"。

他不光把中国的典籍翻译成英文，甚至直接以中国典籍为题材写他的英文诗。大家来看看这一句：

学而见时光之白翼飞驰而过，
这不是我们的快乐吗？

大家一听就觉得耳熟吧？没错，庞德的这句诗就是化用了《论语》的第一句话"学而时习之，不亦说乎"。

以上三点，就是他在文学史、文化史上的贡献。

他的诗歌成就："一长"

咱们回到庞德的诗，他的诗好在哪儿，有哪些成就呢？现在可以简单地总结成"一长"和"一短"。正是这"一长一短"，奠定了他在现代诗歌史上大师的地位。

什么是"一长"?

"一长"是指庞德写的一首长诗,叫作《诗章》。有多长呢?他是从 30 岁开始写这首诗的,一直到死还没写完,一共写了 117 章。而每一章本身就是一首长诗,所以它是一首超大型的长诗。

《诗章》可以说包罗万象,既像一部交响乐,也像一部现代史诗。他写过西方古代的神话、历史、典籍;还有大量的中国内容,比如《诗经》、《论语》、《孟子》、泰山、康熙皇帝等等,甚至还直接用了许多汉字。这些关于中国的内容主要是在《诗章》的第 74 章到 84 章里,这 11 章是一个相对独立的单元叫作《比萨诗章》。读者一看就明白了,这正是庞德被关进比萨的劳改营的时候写的。可以这么说,《比萨诗章》是庞德整个诗歌创作的高峰。

他在里面这样写:

我不知道人类如何承受
有一个画好的天堂在其尽头
没有一个画好的天堂在其尽头

这样的诗句含义很丰富,实际上探讨了人类所面临的深层次的困境,探讨了有限与无限的问题。

《比萨诗章》里面,除了这些有关"过去"的内容,庞德还写了"当下",就是把他随时看到的、随时听到的东西,很随机地写到他的诗里,又不"违和"。

来听听这几句诗:

三个庄严的半音符
它们毛茸茸的白胸脯镶着黑边
站在中间的电线上

他写的是什么，你猜出来了吗？对了，是小鸟。他被关押的时候，总能看到牢笼外边的铁丝网上站着一些小鸟。于是他就一次次地把它们写到诗里，把它们想象成五线谱上的音符，好像自由的音乐，和他自己的处境形成鲜明对比。

里面还有这么一句诗：

斯蒂尔是一个糟糕的名字。

这就让人摸不着头脑了，这个斯蒂尔是谁？其实他是那个劳改营的主管斯蒂尔中校。在囚犯眼里，他肯定不好说话，肯定糟糕。不过，庞德说斯蒂尔是个糟糕的名字，还有一层意思，就是玩文字游戏，斯蒂尔在英文里和钢铁是一个意思。庞德就是这样，嬉笑怒骂皆成文章。这种写法很有创意，很有趣，既丰富了诗歌的表现力，也丰富了诗歌的内涵，在后世一直被诗人们推崇和学习。

《比萨诗章》获得过一个奖项，是第一届博林根诗歌奖。他得奖的时间特别微妙，是他被关在精神病院里的时候。可以想象，评委会把第一届的大奖给他，肯定他的艺术成就，顶着多大的压力，因为那个时候他头上可还戴着"叛国者"的帽子呢。

这就是庞德的那"一长"。

他的诗歌成就："一短"

那什么是"一短"呢？"一短"就是庞德的一首短诗《在地铁车站》，一共只有两行，大概是现代诗名篇里最短的一首了。诗是这样写的：

人群中这些面孔幽灵般显现；
湿漉漉的黑枝条上朵朵花瓣。

这首诗好像并没有写什么东西，但就是让人感觉形象特别鲜明。因为这首诗来之不易，经过了多次修改。庞德有一次在巴黎一个地铁车站的入口，看见熙熙攘攘的人群中，突然间闪现出几个美丽的妇女和孩子的面孔，和人群形成了鲜明的对比。他在一瞬间被触动了，决定把这种感觉写下来。一开始他有很多话要说，写了一首140行的长诗，写了一年；他自己不满意，就把它改成了30行；还不满意，又改成了15行；又不满意，最后只留下了两行，就是我们现在看到的样子。

所以说，这两行诗实际上胜过千言万语，它是经过锤炼得来的，所以才这么形象、这么感性。这首诗实际上用的是隐喻的手法，把人群比作湿漉漉的黑色枝条，而把那些美丽的面孔比作枝条上的点点花瓣。这个写法的好处在于，它给读者留下了特别大的想象空间。虽然庞德把原来要说的话删掉不说了，但读者依然能感受到它们的存在，还可以去自由地联想。这就等于，诗人和读者共同创造了这首诗。

这首短诗有多重要？打个比方：如果说现在有人编一本20世纪诗选，可是偏偏把这首《在地铁车站》给落下了，那他自己都不好意思说自己是专业的、权威的。

品读时间 最后,请读一读庞德的诗《合同》,并且思考一下:惠特曼和庞德并非同一时代的人,庞德为什么要和他订合同?让我们一起品读。

合同

作者:埃兹拉·庞德

译者:申奥

我跟你订个合同,惠特曼——

长久以来我憎恨你。

我走向你,一个顽固父亲的孩子

已经长大成人了;

现在我的年龄已足够交朋友。

是你砍倒了新的丛林,

现在是雕刻的时候了。

我们有着共同的树液和树根——

让我们之间进行交易。

15 在黑暗中，我们会看到什么？
博尔赫斯的幻想

> 我认为智慧比起爱还来得重要；
> 而爱又比起纯粹的快乐更重要。
> 快乐有时候是很微不足道的。
> ——博尔赫斯

豪尔赫·路易斯·博尔赫斯
Jorge Luis Borges
1899-8-24——1986-6-14

　　阿根廷诗人、小说家、散文家兼翻译家，被誉为"作家中的考古学家"。生于布宜诺斯艾利斯一个有英国血统的律师家庭。在日内瓦上中学，在剑桥读大学，掌握英、法、德等多国文字。其代表作为诗歌《老虎的金黄》，小说《小径分岔的花园》《沙之书》。博尔赫斯一生都与黑暗结缘，由于疾病，逐渐失明的他一直试图在黑暗来临前从书籍中获取更多的知识。最后，他在黑暗中创造了不朽的成就——他驾驭了黑暗的命运。

他与图书馆的不解之缘

现在的人查资料,往往通过互联网、通过强大的搜索引擎来实现,想知道什么,随时手机一点,很方便。但是在过去,人们获取知识、获取信息,是要去图书馆的:图书馆是一个非常神圣的地方。

这一辑要介绍的阿根廷诗人博尔赫斯,就是一个一辈子与图书馆有不解之缘的神人。他不仅诗写得好,还是一个了不起的散文家、小说家。他写了很多"迷宫"小说,最著名的一篇叫《小径分岔的花园》,写得扑朔迷离、大开脑洞。中国20世纪80年代的先锋小说作家里面,有很多人热衷于写"迷宫",其实都是在模仿博尔赫斯。

博尔赫斯是怎么和图书馆结缘的呢?其实他一生下来,就与书为伴了。他平生见到的第一座"图书馆"是他父亲的私人藏书室,里面珍藏了大量的书籍,特别是大量的英文书籍。这是怎么回事呢?

原来,博尔赫斯身上有四分之一的英国血统,他的祖母是个英国人,平时只跟他讲英文,甚至不用西班牙文的名字称呼他 Jorge,而是称呼他 George。

所以博尔赫斯天生就是一个双语人才,还是一个天生的知识分子。他小时候和别的男孩子不一样,很少出去疯玩疯跑、喊打喊杀,唯一的爱好就是读书,父亲的藏书室就是他最开心的游乐场。他从没上过大学,所有的知识都来自阅读和自学。

这么看,他后来成为诗人、成为作家,就是一件非常顺理成章的事了。他自己也说过:"我是个作家,但我更是个好读者。"从博尔赫斯身上,我们就能体会到什么叫作"读书破万卷,下笔如有神"。

他与政治的纠缠不清

用今天的话说，博尔赫斯算是一个"妈宝男"。他成年以后并没有独立生活，而是一直在家里接受母亲的照顾，同时读书、写作，直到37岁才找到第一份正式工作。巧的是，这份工作还是跟图书馆有关，是布宜诺斯艾利斯市立图书馆的第一助理馆员。这时候，他已经是一个有名的诗人和小说家了，只是他的同事不知道。有一次，一个同事还叫住他，说："我发现百科全书上有个作家叫博尔赫斯，名字和你一模一样啊。"

博尔赫斯在市立图书馆工作了九年后，接到了一个新的任命，被"晋升"为市场家禽家兔稽查员。家禽家兔稽查员，这是个什么古怪职位？这话还得从头说起。

1946年，庇隆将军成为阿根廷总统，开始和庇隆夫人一起推行社会改革，就是所谓的"庇隆主义"，其主要诉求概括起来就是：政治主权、经济独立和社会正义。庇隆夫人也是个风云人物，歌曲《阿根廷别为我哭泣》就出自她的名言。

但博尔赫斯在政治立场上是比较保守的，他一贯反对庇隆主义，总是在各种场合对庇隆夫妇冷嘲热讽，说庇隆是个独裁者。所以庇隆上台后，新政府就用这样一个所谓的"家禽家兔稽查员"来故意羞辱他、恶心他。

博尔赫斯当然严词拒绝了。他的朋友们都支持他，还把他选为阿根廷作家协会主席，也算是阿根廷文学界向庇隆政府的示威吧。

他与黑暗的宿命相伴

博尔赫斯与图书馆的故事还有下文。他55岁的时候，庇隆政府垮台了，新政府任命他为阿根廷国家图书馆的馆长。你会说，这是好事啊！可是，特别有讽刺意味的是，博尔赫斯上任的时候，他的两只眼睛已经几近失明了，坐拥书城却读不到书。所以他写下了一句诗，特别苦涩：

上帝同时给我书籍和黑夜，
这可真是一个绝妙的讽刺。

博尔赫斯的失明源于他父亲家族里一直遗传的眼病。他刚出生的时候，他父亲就迫不及待地扒开他的眼皮一看，太好了，他长着和他妈妈一样的蓝眼睛，不会遗传眼病了！可是没想到，到头来博尔赫斯还是逃脱不了失明的命运，他的整个后半生几乎都在黑暗中度过。

所以黑暗对博尔赫斯来说，有着很强的宿命一般的象征意味。那么博尔赫斯害怕失明、害怕黑暗吗？其实他并不害怕。因为他总是在做眼睛手术，所以他知道失明会是最后的结局，因此也就坦然接受了这样的命运，对黑暗安之若素。最重要的是，他可以凭借着诗歌在黑暗中安然回忆光明、书写光明。这成了他诗歌创作的一个重要特点。

他的诗，以知识为题材

那么博尔赫斯在诗里都写了些什么呢？他自己曾经说："我全部的诗，不过是写了几个意象：镜子、迷宫、百科全书。"其实，在他说的意象里还可以再加一个：老虎。把握了这几个核心的意象，也就能够大致了解博尔赫斯的诗歌特征，还有他观察世界的独特方法了。

镜子、迷宫、百科全书，这几样东西都和图书馆有关、和阅读有关。百科全书就不用说了，图书馆里有一排排的书架，无穷无尽，也很像知识的迷宫。那镜子是怎么回事呢？博尔赫斯有一个观念，他认为古往今来的所有书籍，实际上写的都是同样的东西，都是描述人类的精神和梦想，都是在复制。而这种复制，就像两面互相对着的镜子一样，让知识无穷地复制和增殖。所以他在诗里说：

我心里一直都在暗暗设想
天堂应该是图书馆的模样。

博尔赫斯这是把知识本身当作诗的题材，以此来模拟丰富的世界。

他的诗，是献给时间的恋歌

那么老虎的意象又是怎么回事呢？

这也和博尔赫斯童年的爱好有关。他作为一个小男孩，虽然不爱运动，却特别喜欢去动物园看老虎。他总是和妹妹一起，在布宜诺斯艾利斯动物园的老虎笼子前流连忘返。每次都要到太阳落山了，家长一个劲儿地催他，他才会回家。家长让他回家，唯一有效的办法就是威胁他说："你再不回去，就不让你看书了。"

博尔赫斯最喜欢老虎哪一点呢？他最喜欢的是老虎的皮毛，包括它明亮的颜色、它的条纹，还有它的质感。他觉得，老虎的皮毛象征了美、力量、明亮、温度和想象力。

博尔赫斯为老虎写过很多小说、散文，还有抒情诗，其中最有名的一首叫《老虎的金黄》，是他70岁的时候写的。他这样写道：

其他的绚丽色彩渐渐将我遗忘，
现如今只剩下了
模糊的光亮、错杂的暗影
以及那初始的金黄。

大家看看，博尔赫斯写得多好。本来是他自己眼睛失明，看不见绚丽色彩了，而他却写成绚丽色彩将他渐渐遗忘，这是典型的失明者被光亮世界遗弃在黑暗中的感觉。可以体会一下，这里边有一种伤感和辛酸。

前面说过，博尔赫斯并不惧怕黑暗，他是在黑暗中幻想和书写光明的。作为黑暗中微弱的光亮，温暖他、支撑他的，是他在童年就非常迷恋的老虎的金黄颜色。他用回忆再现的老虎的金黄，这时候外延已经扩大了，不再是老虎本身，而是象征着一切光明的东西、一切美好的事物。这些美好的事物都是什么呢？博尔赫斯也归纳得特别好，特别形象：

啊，夕阳的彩霞，啊，老虎的毛皮，
啊，神话和史诗的光泽，
啊，还有你的头发那更为迷人的金色，
我这双手多么渴望着去抚摸。

最后两句是一个转折，也是神来之笔。他突然写到了年轻时候爱人的金色头发，就此结束这首诗。实际上，这是一首献给时间的爱恋之歌、感怀之作，感叹人的老去，感叹美的消散，感叹时间的流逝。

博尔赫斯在这首诗里还表达了一个强烈的愿望，就是真正地摸一摸老虎。他摸到了吗？天遂人愿，在博尔赫斯去世前两年，在84岁的时候，他终于第一次摸到了老虎，求得了人生的圆满。

> **品读时间** 最后,请读一读博尔赫斯的诗《老虎的金黄》,并且思考一下:还有哪些事物像老虎的毛皮一样,象征着光明和温暖?让我们一起品读。

老虎的金黄

作者:豪尔赫·路易斯·博尔赫斯
译者:林之木

那威猛剽悍的孟加拉虎

从未曾想过眼前的栅栏

竟会是囚禁自己的牢房,

待到日暮黄昏的时候,

我还将无数次地看到它在那里

循着不可更改的路径往来奔忙。

此后还会有别的老虎,

那就是布莱克的火虎;

此后还会有别的金黄,

那就是宙斯幻化的可爱金属,

那就是九夜戒指:

每过九夜就衍生九个、每个再九个,

永远都不会有终结之数。

随着岁月的流转,

其他的绚丽色彩渐渐将我遗忘,

现如今只剩下了

模糊的光亮、错杂的暗影,

以及那初始的金黄。

啊，夕阳的彩霞，啊，老虎的毛皮，
啊，神话和史诗的光泽，
啊，还有你的头发那更为迷人的金色，
我这双手多么渴望着去抚摸。

16 我们眼中的世界是原汁原味的吗?
阿什贝利的变形

> 我的诗支离跳跃,
> 生活也是。
> ——阿什贝利

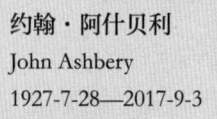

约翰·阿什贝利
John Ashbery
1927-7-28—2017-9-3

美国最有影响的诗人之一,后现代诗歌代表人物。生于纽约州罗切斯特,毕业于哈佛大学和哥伦比亚大学。1965年前在法国《先驱论坛报》任艺术评论员,后回纽约,1974年起在大学任教。其诗集《凸面镜中的自画像》获得国家图书奖和普利策奖。他的作品常以晦涩难懂著称,在他笔下,整个世界都在难以置信的变形中露出真实的极致。

他的晦涩骇人听闻

现代人读诗最怕的,就是有些诗写得太晦涩了,实在读不懂。大家觉得最晦涩的诗人是谁?艾略特还是里尔克?

我要介绍的这位诗人,可能是最晦涩的一个,其难懂程度远远超过艾略特和里尔克。他就是美国诗人阿什贝利。

阿什贝利晦涩到什么程度呢?讲几件好玩的事儿。

英国《泰晤士报》上有篇文章说,阅读阿什贝利会"让我无聊得放声大哭",一般读者是读不懂的。

除了普通读者,那些有学问的文化人也读不懂。有一位杰出的美国学者悲哀胜过愤怒地对另一位文学批评家说,他反复读了阿什贝利的一首诗《船屋的日子》,仍然无法理解。

甚至诗人同行也可能读不懂。1955年,阿什贝利的诗集《一些树》入围"耶鲁青年诗人奖"最后一轮,诗人奥登是评委。他说,他永远理解不了其中任何一句。不过,他还是把奖项颁给了阿什贝利,因为他的才华太出众了。

有意思的是,阿什贝利自己也拿自己开涮。他接受过很多次采访,采访者总要追着他问这样一个问题:"你的诗,你自己读得懂吗?"阿什贝利就像煞有介事地说:"是啊,每过一段时间,我便会翻开一页,上面肯定是写了什么,但那是什么呢?"

他的诗追求真实的极致

那么阿什贝利是不是写了一些玄奥、高深的东西,所以才晦涩呢?还真不是。他诗里写的基本都是现实,里面充斥着具体的细节,也很口语化。问题是,每一个局部都是清晰的,但是组合在一起之后,

在整体上却是模糊的。比如他有一首诗,叫《这些湖畔城》,开头是这么写的:

这些湖畔城,从诅咒中长出,
变成善忘的东西,虽然对历史有气。
它们是这个概念的产物;比如说,人是可怕的。
虽然这只是一例。

每个字大家都认得,头一句还带有哲理意味,但很难猜出他说的是什么。后面他还写:

最坏的情况还没有结束,但我知道
你在这里会幸福的,因为你的处境
的逻辑可不是什么气候能耍弄的,
有时温柔、有时飘逸,对吧。

语气很轻松,好像在闲聊天儿,意思却很费解。

这是怎么回事?这是因为他在写作中抽掉了关键的一根线,就是逻辑的线。他反对逻辑,因为他认为逻辑违背了生活的真实。那什么是生活的真实呢?打个比方吧:你看到生活中一个场景的时候,所有的东西不是一样一样地进入你的内心,而是一起涌进来的;包括你的反应,也是复杂的、多层次的。现实没有固定的秩序和意义,具有多面性和偶然性,充满意外。其他诗人写的诗,可能表面上贴近现实,但那是一种用逻辑加工过的真实,其实背离了真实。

阿什贝利在他的诗里就是要再现这种真实,这需要一种非常高级的技术,叫作"共时态呈现",就是将许多东西同时推到你面前,把抽象的事理和具体可感的物象融为一体,让它们互相触摸、爱恋、表白,就像爱情一样。

他在成名作《一些树》里就是这样写的：

……不久
我们就会抚摸，相爱，解释。

另外，所有诗歌素材进入阿什贝利的诗歌，都是经过变形的，就好像经过了凸面镜的反射：

如帕米贾尼诺所做的，右手
比头还大，插向观察者
并轻松地偏斜，仿佛要去保护
它宣告的一切。

这是阿什贝利的代表作《凸面镜中的自画像》开头的几句。

他的诗探寻诗歌的可能性

再回头看刚才那首诗《这些湖畔城》。其实这首诗写的是美国东北部"锈带"那些临湖而建的工业城市，它们带着霸气出现在历史中，像无所顾忌的暴发户，对人形成了极大的压力。"人是可怕的"，是在暗指资本主义的基本逻辑——人都是自私的。"你在这里会幸福的"是反讽，在尖刻的讽刺中还含有隐隐的同情。这么一说，大家可能就有点儿明白了；但其实阿什贝利可能就不同意，他是反对意义的，在他看来，一首诗应该是一个开放的状态，要由读者和他一起完成。

但他也知道，这可能是一个奢望。所以他有一首诗叫《悖论与矛盾修饰法》，这样写道：

这首诗在一个非常普通的层面上与语言相关。
看它在对你讲话。你望向窗外

或是装着坐立不安。你占有它但你没有拥有它。
你错过了它，它错过了你。你们彼此错过。

这首诗是悲哀的，因为它想成为你的，但不能。

他是在热情地向读者发出邀请，让"你"成为诗的一部分。"你"读一首诗，却心不在焉；他心急如焚，叹息"你"和诗互相错过了；而诗本身好像也有了灵性，它不能和"你"达成沟通和契合，充满了悲哀。

阿什贝利可爱就可爱在，他锲而不舍，一再恳求读者，却说成了读者在恳求他，一起享受这语言的游戏、艺术的陶醉：

我认为你的存在只是为了
恳求我去游戏，在你的层面上，然后你就不在那里
或者采取了另一种态度。而这首诗
让我在你旁边轻轻地坐下。这诗就是你。

他真诚地讨论了诗歌的可能与不可能，里面有一种令人心酸的感人力量。

他的诗关注灵魂的处境

阿什贝利的诗，是不是写了很多他个人的经历，让读者感到陌生？其实他很少写自己。他说不想用自己的经历来使别人厌烦，那些经历别人都经历过的，他不想只是添了个版本而已。他说："这些诗歌要表达的，就是关乎我们所有人的隐私，以及我们思维的困境。"

这句话很关键。换句话说，他的诗和人的灵魂相关。

他有一首诗，大概是他所有诗中最不晦涩的一首，叫作《使用说明书》，写他坐在写字楼里，正为写一份金属制品说明书发愁。

这种感受现在的上班族体会最强烈了：人受到工业文明的无情碾压，社会分工特别细，轮到自己的那一块可能是最无聊、最难受的一块。那他怎么办呢？他灵魂出窍，梦见自己跳出了生活的无序状态，去体验了一次奇妙的旅行，去了他从没去过的墨西哥城市瓜达拉哈拉。他在瓜达拉哈拉遇见了一次狂欢游行，在人群中体会到了三种爱，觉得特别满足。哪三种爱呢？就是：

> 我们看见了年轻人的爱，已婚夫妇的爱，和一个老母亲对儿子的爱。

他说的"年轻人的爱"，是一个叼着牙签的小伙子和他喜欢的姑娘朦胧的爱。

"已婚夫妇的爱"，说的是每个人都在照顾自己的妻子或恋人，都没注意有个留胡子男人的妻子，又漂亮又会打扮。

"母亲对儿子的爱"说的是一个老妇人提起自己儿子，特别自豪：

> "我儿子在墨西哥城。"她说，"如果他在，他会欢迎你们。
> 但是他在那里的一家银行工作。
> 瞧，这是他的一张照片。"

这里写得特别可爱，相当于一个二三线城市的老太太见人就说她儿子在北京三环边上买了房，就是那种感觉。但是梦终归会醒，所以他最后写道：

> 当最后一阵微风吹过风雨剥蚀的古老塔顶，我把目光
> 转回使我梦见瓜达拉哈拉的使用说明书上。

阿什贝利是在用白日梦帮助我们抵御环境对人的压迫，代表艺术为普通人提供可贵的安慰。

他的地位与意义

阿什贝利把诗写成这样,是不是有点儿曲高和寡?其实认可他的人也挺多的,说他是"最后一位让一半英语诗人顶礼膜拜,另一半认为不可理喻的诗人"。实际上,在四分五裂的美国诗坛,大家互相都不服气,但都服阿什贝利。

阿什伯利是美国一个诗歌流派"纽约派"的主将。这一流派还有一位叫奥哈拉的诗人,曾经写过这样的诗句:

我们将在
风吹拂的高山之上。
相对而坐,互诵新作。
你将是杜甫,我是白居易。

评价多高啊!

我们为什么要学习阿什贝利这样的诗人?因为他提供了一个标本,告诉我们曾经有这样的艺术家,在艺术探索的路上走了多么远、挖得多么深。

现代艺术的发展有它自己的路线和标志性人物。现代诗歌在经历了庞德、艾略特所倡导的现代主义之后,发展到了后现代主义阶段,其代表人物就是阿什贝利。

大家可以把现代绘画和现代诗歌做个大致的类比。如果说叶芝相当于诗歌界的莫奈,艾略特相当于毕加索,那么阿什贝利就相当于抽象艺术大师康定斯基。

品读时间 | 最后，请读一读阿什贝利的诗《悖论与矛盾修饰法》，并且思考一下：阿什贝利为什么认为游戏对诗歌很重要？让我们一起品读。

悖论与矛盾修饰法

作者：约翰·阿什贝利
译者：马永波

这首诗在一个非常普通的层面上与语言相关。
看它在对你讲话。你望向窗外
或是装着坐立不安。你占有它，但你没有拥有它。
你错过了它，它错过了你。你们彼此错过。

这首诗是悲哀的，因为它想成为你的，但不能。
什么是普通的层面？它是其他的事情，
把一整套的它们带入游戏。游戏？
哦，实际上，是这样的，但我认为游戏

是一件更深的外部事物，一个被梦见的角色类型，
就像优雅的分界线，在这些漫长的八月，
没有证明的日子。没有限制。在你知道它之前，
它丢失在蒸汽和打字机的喧闹中。

它又被玩了一次。我认为你的存在只是为了
恳求我去游戏，在你的层面上，然后你就不在那里，
或者采取了另一种态度。而这首诗，
让我在你旁边轻轻地坐下。这诗就是你。

17 诗人里，谁的脑洞开得最大？
特德·休斯的童心

> 我觉得诗在某种程度上如同一种动物，
> 也有着自己的生命。
> ——特德·休斯《诗的锻造：休斯写作教学手册》

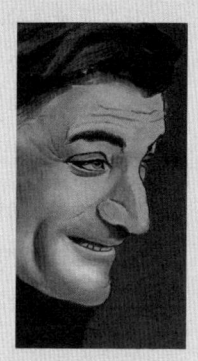

特德·休斯
Ted Hughes
1930-8-17——1998-10-28

英国桂冠诗人。生于约克郡，毕业于剑桥大学。他的诗集有《雨中鹰》《见见我家里人》《乌鸦之歌》《生日信札》等。2011年，他的墓碑被安置于威斯敏斯特教堂"诗人角"，与乔叟、莎士比亚、雪莱、狄更斯等人的墓碑比肩而立。这位曾经两度因出轨而造成家庭悲剧的诗人的一生颇受争议，但他为孩子创造了一个诗歌的童话世界，飞驰的想象力就是他送给孩子们的翅膀。

他的家庭悲剧

有好多优秀儿童文学作家的作品一开始都是写给自己孩子的成长陪伴书,比如《哈利·波特》,比如《长袜子皮皮》。这一章要介绍的这位诗人,他给自己孩子写的成长陪伴书很特别,是诗。

他就是英国桂冠诗人特德·休斯。他有两个孩子,女儿叫弗丽达,儿子叫尼古拉斯。

说到休斯和孩子,就不得不提到孩子们的妈妈——美国女诗人西尔维娅·普拉斯。

故事要从1956年说起。当时休斯25岁,是个帅哥,风华正茂,正在剑桥大学攻读硕士学位。在参加一次诗歌活动的时候,他遇见了美女诗人普拉斯。普拉斯比他小两岁,刚从美国来剑桥大学深造。两人郎才女貌、一见钟情,迅速闪婚,组成了一个诗人之家,而且有了两个爱情的结晶。

按理说,两个这么般配的诗人组成的家庭应该特别浪漫、特别幸福。开始的时候一切都很顺利,他们两个人感情很好,而且在诗艺上互相促进,休斯的第一部诗集《雨中鹰》就是普拉斯为他打字整理的。但是另一方面,诗人都是个性特别强的人,因此他们的婚姻生活也免不了磕磕碰碰。然后,悲剧就发生了。

休斯与一个加拿大女小说家发生了婚外情,因此与普拉斯分居;普拉斯在绝望之中精神崩溃,开煤气自杀。她死的时候孩子还特别小,女儿两岁,儿子甚至才几个月大。

普拉斯死后,整个舆论界一致指责休斯,认为是他这个负心汉,是他导致普拉斯的自杀,让世界诗坛失去了一位天才女诗人,所以不能原谅他。

他的沉默与告白

面对媒体旷日持久的口诛笔伐，休斯是如何应对的呢？为了让两个还年幼的孩子不受外界的搅扰和心灵伤害，他选择了沉默，几十年如一日，从来不为自己辩解。他觉得跟媒体没什么好说的。媒体都喜欢捕风捉影、刺探隐私、歪曲人的意思，所以面对媒体他就采取了这样一种对立的态度。

这种对立持续了很长时间，一直到休斯晚年，他身患癌症，不久于人世了，才出版了一部诗集，叫《生日信札》。原来，每年普拉斯生日的时候，休斯都会给她写几首诗，和她说说心里话，一方面回忆他们当初的爱情，一方面也深刻反省两人婚姻中出现的问题。几十年下来，竟然积攒成了厚厚的一册。这些诗都是休斯专门给普拉斯一个人写的，从来没想过公开发表，所以大家也能想象，这些诗都特别真挚和诚恳。

先听听这几句：

> 我看见那种焦急的神情，
> 见一个人拨开人流，
> 接着露出你炽热的面孔，
> 你炽热的双眼，发出惊喜的叫喊，
> 你挥舞手臂，泪水滚滚，
> 仿佛我是在你对着你的众神祈祷下，
> 从绝无可能生还的死境里回来了。

这是回忆普拉斯去火车站接休斯的情景。可别误会了，虽然普拉斯这么激动，但其实并没有什么生离死别的剧情，只不过是她以为休斯会坐汽车回伦敦,结果去汽车站没接到,又急忙打车赶到火车站,刚好赶上他下火车,就这么简单。可是我们都能理解,热恋中的人就是这么夸张、这么神经质。

再听听这几句:

我们这三个被生活丢弃的人
在我们各自的小床上
保持深沉的寂静。

休斯所说的这三个人,就是他和他的两个孩子。普拉斯去世以后,他们经常会这样一起想念她,并感到十分孤独。他又写:

我们躺在你的死亡里,
在已落的雪中,正飘的雪下。

他是在说,这种孤独就像雪一样绵绵不绝,并且在原来的孤独上还会落上新的孤独。

他用想象为孩子创造一个世界

那么,休斯的两个孩子生活在阴影之中,要怎么样才能健康成长呢?

休斯的方法很独特,他用诗歌给他们创造了一个奇特的世界,一方面给他们提供最初的文学启蒙和审美教育,一方面也拓展他们的想象力,让他们变成善于在世界中发现趣味、发现美的人,从而帮助他们健康成长。在这个世界里,想象力就是唯一的律法,你知道的和不知道的所有动物,比如猫、狗、老牛、驴子、乌鸦、孔雀、猫头鹰、布谷鸟、老虎、狮子、狐狸、海豹、鲸鱼、龙虾，全都粉墨登场，好像在参加一场狂欢节。

来读一读这几句诗：

地平线极度饥渴。
暗色山脉有一只电眼。
太阳垂下它的挂肉钩。

这里描绘的是一只鹰，太阳垂下的"挂肉钩"就是鹰的利爪。有点儿恐怖是吧？在休斯的诗里，往往有一种隐含的暴力倾向，这种暴力倾向是和现实中的各种暴力相对应的。所以他一方面被称作"动物诗人"，一方面也被称作"暴力诗人"。

不过，休斯最喜欢写的是另外一种鸟，就是乌鸦。他有一首诗是这么写的：

上帝想教乌鸦如何讲话。
"爱，"上帝说。"说，爱。"
乌鸦张开口，白鲨冲进大海
而且翻滚着下潜，试试自己能游多深。

乌鸦把这堂课给搞砸了。上帝教它学说"爱"，结果从它嘴里吐出了一大堆乱七八糟的东西，除了白鲨，还有苍蝇、蚊子和扭打在一起的人，但就是说不出"爱"字，搞得乌鸦自己都不好意思了。这里面的深意，大家体会到了吗？

他还有一首诗，写乌鸦为什么这么黑。乌鸦原来是浑身雪白的，但它发现太阳比自己还白还亮，就冲向太阳，向太阳发起挑战。结果呢？它一下子被烤得浑身焦黑。但它就是不承认失败，还打肿脸充胖子，强词夺理道：

"在那里。"他强词夺理道,

"在那白即是黑、黑即是白的地方,我赢了。"

不过在另一首诗里,太阳把什么都烧毁了,只有一样东西它烧不掉。是什么呢?是乌鸦的眼睛:

在耀眼的炉渣中间,
在跃动的蓝色火舌、红色火舌、黄色火舌
和绿色火舌舔舐下依然清澈。

清澈而漆黑——

乌鸦的瞳仁,驻守着它那烧焦的要塞的塔楼。

这只乌鸦是不是很有意思?在这里,乌鸦是一个拥有强力意志的形象,它滑稽可笑、不成体统,什么事都能被它搞砸,但它天不怕地不怕,有一种不服输的精神。

我想,休斯就是要把这种不服输的精神传递给他的两个孩子,让他们变得坚强,能够抵御外界的风雨,并且在他创造的诗歌世界里健康成长。

他的诗是一曲自然的颂歌

我们说在休斯的诗歌世界里想象力是唯一的律法,那么他卓绝的想象力来自何处呢?我想,那应该是自然的馈赠。

休斯的成长经历,与自然密不可分。他小时候在英国约克郡的乡野间长大,常常跟着哥哥去山林打猎,去水塘钓鱼,所以能够近距离领略自然世界的美,也拥有了丰富的动植物知识。

他对动物的样貌、形态和习性都有精准的把握,在跟动物的搏斗中,他又更深地理解了它们;表现在诗里,就是用形象的比喻以及夸张的手法,颠覆和更新人们对自然的认知。

比如,在描写苍鹭时,他会写:

一朵云

在斜斜的茎秆上。

苍鹭的身体是云朵,细长的腿是茎秆。

描写驼鹿时,他会写:

巨大的骨质思想从他耳边支出——

向上伸出手掌,去接住天国可能掉落的任何东西——

这是为驼鹿扇形的大角赋予新的功能。

休斯写过一组月亮诗,写想象中月亮上的事物,极尽夸张之能事。他这样写:

月亮上的卷心菜不是卷心菜。

它们是些唠叨着老调的小老太太。

月亮上的卷心菜,居然都是大厚嘴唇包成的,唠唠叨叨的,好像小老太太,这脑洞开得够大。

休斯的诗充满了对自然的感激之情,因而都是献给自然的颂歌;但同时他也意识到,人类的步步紧逼对自然世界构成了一种侵扰,强大的工业文明对自然世界的伤害就更大了。因此,他在诗里也常常流露出忧虑、悲悼的情绪。

他有一首诗,叫《夏尔马》,写家中拉犁耕田的老马,深情赞美它们坚忍、奉献的美德。他这样称呼它们:

我们最后的友好天使——这就是它们。

它们的辛劳是一种敬拜,它们的每一步都是一次祈祷躬身。

但他随后又写道:

它们由灵魂的材料构成,而小小的灰色弗格森哒哒响,径直穿过它们。

这是象征性极强的一句诗,表明老马所代表的传统农耕文明已成绝响,将遭到工业文明的无情碾压。

休斯的心愿就是希望人类怀着感恩之心尊重自然、关爱自然,重建与自然的和谐关系。

我们向休斯学习什么

我们为什么要学休斯的儿童诗呢?儿童诗虽然只是休斯诗歌的一部分,但也是相当重要的一部分。他最喜欢也最擅长写的动物诗,其实就介于儿童诗和成人诗之间,又好玩又有深度,所以不仅适合孩子读,也适合成人读。

世界上有很多大诗人都写过儿童诗,不过要论写得多、写得好,恐怕还是要首推休斯。特别是在想象力方面,他恐怕是没有对手的。这也让他在世界诗歌史上稳稳地占据了一个独特的位置。

那么,我们会从休斯那里得到什么呢?一句话:用不一样的眼睛,从不一样的角度看世界。其实,所谓诗歌的诗意,就是在这种不同寻常的观看中产生的。休斯自己也是这么说的:"要去想象所写的东西,要看到它、体验它。"他的意思也可以理解为,如果人看不到、想象不出富有诗意的表达方式,就写不出来好诗。

大家也可以试着换一个角度看待周边的事物，解放一下自己的想象力，看看这个世界是不是已经不一样了。

品读时间 最后，请读一读休斯的诗《乌鸦的最后抵抗》，并且思考一下：乌鸦用以抵抗太阳的真正武器是什么？让我们一起品读。

乌鸦的最后抵抗

作者：特德·休斯
译者：雷格

烧啊

　　烧啊

　　　　烧啊

　　　最终总有什么
是太阳烧不掉的，它烧化了
一切之后还要去面对——最后一个障碍
它曾经怒对、烧灼

仍在怒对、烧灼

在耀眼的炉渣中间
在跃动的蓝色火舌、红色火舌、黄色火舌
和绿色火舌舔舐下依然清澈

清澈而漆黑——

乌鸦的瞳仁，驻守着它那烧焦的要塞的塔楼。

18　这个外国人写的诗怎么像唐诗？
特朗斯特罗姆的迷醉

> 写诗时，
> 我感受自己是一件幸运或受难的乐器，
> 不是我在找诗，
> 而是诗在寻找我，
> 逼我展现它。
> 完成一首诗需要很长时间。
> 诗不是表达"瞬间情绪"就完了。
> 更真实的世界是在瞬息消失后的那种持续性和整体性，
> 对立物的结合。
> ——特朗斯特罗姆

托马斯·特朗斯特罗姆
Tomas Tranströmer
1931-4-15—2015-3-26

　　瑞典诗人、心理学家，生于斯德哥尔摩。于1954年发表诗集《诗十七首》，轰动诗坛。他出版的诗集还有《途中的秘密》《半完成的天空》《为死者和生者》《巨大的谜语》等，并于2011年获得诺贝尔文学奖。诗人一生发表过二百余首诗作，有的作品会被他反复打磨、修正数年才肯发表。因此，评论界称他为"像打磨钻石一样写诗的人"。

诺贝尔奖颁给谁才算公平

大家知道,诺贝尔奖是世界上最重要的奖项之一,其中文学奖一直由瑞典学院来评定。

那瑞典学院做得怎么样呢?一开始还真是有点问题,就是比较偏心,时不时地把大奖颁给瑞典作家,或者其他北欧国家的作家。时间一长,就引来非议了:你们这是不公平竞争!后来瑞典学院就谨慎多了,一般来讲就不会颁给瑞典作家了。

这样总可以了吧?也不行。国际社会一些有识之士又说,瑞典学院有点儿矫枉过正了。现在有这么一位了不起的诗人,诗艺精湛,成就也很大;可是瑞典学院一直不把奖颁给他,就因为他是瑞典人,这也不公平。

这位诗人就是托马斯·特朗斯特罗姆,国际诗坛给他的称号是"20世纪最后一个诗歌巨匠"。

先来看看他是一个怎样的人。

他身上的好奇和迷醉

本书中介绍的这些诗人已经全部作古,特朗斯特罗姆是唯一一个我曾经见过的诗人。大概20年前,他到中国访问,我参与了接待工作。他这个人非常随和,可他当时因为中风后遗症不太能讲话,只能往外蹦单音节的单词,所以别人讲话的时候,他就在那儿听,听得非常专注。如果话题和他相关,他还会露出顽皮的神色来。所以我们也不称呼他为"特朗斯特罗姆先生",而是就叫他"托马斯"。

他这个人有两个特点,让我印象深刻。

一个特点是,他对事物始终保持孩子般强烈的好奇心。有一次我们请托马斯吃重庆火锅,上来了一盘猪脑花。欧洲人一般都不吃这个,所以托马斯的夫人就一皱眉头,谢绝了。可是问到托马斯的时候，他眼睛一亮，蹦了句："Ja！"这是瑞典语里的"Yes"，意思是："当然要了！"他孩子般的好奇心就是这样，即便是他的世界里没有的事物，他也从不拒绝。大家从下面几句诗就能感觉到：

我被无法读懂的文字包围，我是一个地道的文盲。
但我支付了我应该付的，每件东西都有发票。

这首诗的题目叫《上海的街》，写的是置身于一座中国城市所感受到的那种陌生和新鲜。

另一个特点是，他有一种对事物的迷醉。通过迷醉，他与现实建立了一种隐秘而直接的联系。比方说，他挺能喝酒，特别喜欢喝中国的白酒，举杯就干，说比他在瑞典喝的伏特加有劲。他喜欢喝酒的这个劲头很像盛唐时候的诗人，不过跟李白这种动不动就喝醉，然后"斗酒诗百篇"的诗人不同，他是很有节制的。很可能他喜欢的是那种微醺的状态。在这种状态下，他在感受世界的时候就会把一些不必要的杂质给模糊掉，从而直接抓住事物的本质。所以，一旦到了这种状态，托马斯就坚决不再喝了。再给他倒酒，他就把杯子捂住，蹦出一句："Nej！"这回是"No"，就是"不要了！"。

这个特点，在他的作品里也体现得特别充分。

打造新奇精准的意象靠什么

在托马斯的诗里，这些特点是通过什么体现的呢？就是他那些又新奇又精准的意象。这些意象，能让人真正体会到什么叫作"意料之外，情理之中"。它们在托马斯的诗里特别多、特别密集，所以我将其总结成一句话，叫作"意象的集束炸弹"。这里举几个例子。

他的诗全集第一首诗的第一句是这样的：

醒，是梦中往外跳伞。

虽然我们未必知道他具体说的是什么意思，但是人醒来时的感受被他描述得特别精准。他有一首诗，写一座桥的意象。诗是这样的：

桥：一只飞掠死亡的巨大的铁鸟。

这个比喻很形象。他把河流比作死亡，而桥跨过河流，就像一种生命的力量凌驾在死亡的河流之上。他还有一首诗：

我站着，将手搭着门把，给房屋切脉。

这句诗也很形象，一下子就把人和房子的关系给揭示了出来。

意象在托马斯那里还有一个作用，就是总结人生的感悟。比如说，他这么写过：

人人都在对方那里排队。

这是写人的孤独感，即人与人彼此之间心理上的隔绝状态。他这么写过：

我们偷挤着宇宙的奶苟活。

这是在象征性地描述人类的生存状况。

我最喜欢的是这几句：

鸟懒得飞翔，灵魂
磨着风景，像船
磨着自己停靠的渡口。

托马斯在这里所描述的是船被缆绳拴在岸边，在水的激荡下不断地磨着渡口，这个我们能想象；但"灵魂磨着风景"得怎么去理解呢？灵魂和风景，一个是虚的，一个是实的。可人的精神和这个世界的关系，不就是这种虚和实的关系吗？像船一样，人的精神一方面力图融入现实世界，另一方面又想从现实世界超脱出去，这是一种矛盾。

而这种矛盾，就被托马斯用一个巧妙的"磨"字给精准地表现了出来。像我们刚才讲的，这就是"意料之外，情理之中"。

那托马斯是怎么打造这些意象的？用一句话说，他靠的是艰苦的锤炼。

托马斯写一首诗要花很长的时间，不断地推敲如何打造意象，这也有点儿像我们唐朝的诗人了，比如贾岛。托马斯的诗歌生涯有50多年，算下来，他一共只发表了两百来首诗，平均下来一年也才四首。这对于一个大诗人来说，就比较少了。

有个瑞典作家到中国来住了三个星期，回去就写了一部长篇小说。托马斯知道以后却说："我如果在中国住三年，那我可能也就写一首短诗。"他就是这么较真。

这个例子也告诉大家，一首凝练、精准、优美的诗，可能胜过万语千言。

关于纯诗的争议

你现在应该能感受到，托马斯是那种为艺术而艺术的诗人，他写的诗也可以叫作"纯诗"。

什么是纯诗？简单来说就是纯粹的诗，跟物理中的纯水差不多。它是去除了杂质后，对生活韵味的提纯。在真善美这三者中，纯诗与美关系密切，而与真和善距离稍远。

因为纯诗不会特别直接地反映现实生活，所以有的时候会表现为晦涩。托马斯第一次到中国来的时候，在北外给大学生读诗——那时候他还没中风，还能说话。他读过后，一个学生就站起来说："你刚才读的我听不懂。"托马斯是这么回答他的："没关系，诗是不需要全读懂的！你就把它当成你自己写的吧！"

其实，托马斯的纯诗在他的祖国瑞典也遭到过质疑。那是二十世纪六七十年代，当时瑞典有一批思想比较激进的年轻诗人，他们认为诗应该干预现实、关注社会，所以他们对托马斯的诗歌实践不满意，还发起了一个运动，批评他不合潮流、不讲政治，说他是保守的资产阶级。

那么他们的批判有没有道理呢？再举两个例子吧。

一个是托马斯小时候的事。那是 1940 年，在"二战"期间，纳粹德国随时都有可能进攻瑞典，这在瑞典社会引起了恐慌，好多瑞典人对此的态度暧昧不明。托马斯那时候只有九岁，立场却十分坚定，爱憎分明。他无条件地支持盟军，反对纳粹。他甚至天真地认为，人分两种，要么是支持纳粹的，要么就是反纳粹的；如果说他发现哪个人原来是偷偷支持纳粹的，他心里就特别难受，心想：糟了，我和这个人再也没有什么共同点，做不成朋友了。他有时候受同学欺负，或者被老师体罚，但都不生气。为什么呢？因为他认为，发脾气是纳粹德国才干得出来的事！他可不是没有立场、不讲政治的人。

第二个例子，是关于托马斯的职业。他并不是个职业诗人，他的本职工作是在少管所里做心理学家，给那些少年犯做心理干预和心理辅导。这么一说大家就明白了，托马斯怎么可能是脱离现实的人呢？他所接触的社会现实，特别是社会的阴暗面，可比那些青年诗人多得多了。他坚持纯诗写作，只是不想在诗歌里喊一些肤浅、幼稚的口号。他觉得，写出有艺术水准的诗，其实更有价值，更有力量。

托马斯的努力是有回报的。许多年以后，批评他的那些人逐渐体会到了他的价值，也觉得他是对的。其中的一位还特别勇敢，甚至专门在报纸上发表文章向托马斯道歉。

托马斯的故事还应该有个结尾。他最终得没得到诺贝尔文学奖呢？2011 年，就在托马斯·特朗斯特罗姆 80 岁那年，瑞典学院授予他诺贝尔文学奖，表彰他"通过其凝练、通透的意象，为我们带出了通往现实的崭新路径"。

品读时间 | 最后,请读一读特朗斯特罗姆的诗《脸对着脸》,并且思考一下:"大地和我对着彼此一跃"是一种怎样的场景?让我们一起品读。

脸对着脸

作者:托马斯·特朗斯特罗姆
译者:李笠

二月,活着的静立不动。
鸟懒得飞翔,灵魂
磨着风景,像船
磨着自己停靠的渡口。

树站着,背对这里。
枯草丈量着雪深。
脚印在冻土上衰老。
语言在防水布下枯竭。

有一天某个东西走向窗口。
工作中断。我抬头
色彩燃烧。一切转身。
大地和我对着彼此一跃。

小 结

诗歌，观照世界的眼睛

这一辑又介绍了六位诗人，分别是美国诗人史蒂文斯、美国诗人庞德、阿根廷诗人博尔赫斯、美国诗人阿什贝利、英国诗人特德·休斯和瑞典诗人特朗斯特罗姆。这几位诗人有一个共同点，就是他们通过高超的诗歌技巧告诉我们，诗人在发挥想象力看待这个世界的时候，能够展现出多么奇妙的景观，展现出多少可能性。

虽然诗歌是对人类生存的现实世界的一种反映，但是怎么反映、反映到什么样的程度，就见仁见智了。这取决于用什么样的眼光、采取什么样的视角来看待这个世界。其中，想象力起着决定性的作用。对想象力恰如其分的激发和使用，可以让诗歌变得更美，更新奇，更有趣。诗人们忠实于艺术的真实，理解了他们，就能够帮助大家更好地认识这个世界。

那么这六位诗人是怎么看这个世界的呢？现在一个一个来回顾。

史蒂文斯的虚构

美国诗人史蒂文斯是20世纪初现代诗歌转型时期的一个重要人物，他的很多艺术探索是超前的，所以他的影响一直到今天还持续存在。他眼中的现实世界其实是混沌一片，杂乱无章、缺少秩序。那么该怎么改变这种混沌状态呢？这就要靠艺术的强大功能来实现了。在他那个时代，宗教的影响力已大大地降低了，而他的雄心壮志就是让艺术取代宗教，让艺术和尘世生活紧密结合，给这个世界带来新的秩序、新的信仰。那么他具体用的是什么手段呢？就是虚构。

他的诗在不知不觉间把真实和虚构之间的界限给擦掉了，甚至就像他所说的，成了一次朝向最高虚构的旅行。

庞德的庞杂

现代主义诗歌能够在 20 世纪发展起来，固然与艾略特、史蒂文斯他们的作用分不开，但其真正的助产士是美国诗人庞德。庞德这个人精力充沛、能量惊人，是个诗歌的社会活动家，不光后来的诗人受他感召，就连前辈诗人比如叶芝，都受到他的影响，进入了写作的现代主义阶段。他本人也是一位诗歌艺术大师，非常善于用意象来揭示和呈现这个世界深藏的韵味。他最有名的作品就是《在地铁车站》，虽然只有短短两行，却给人留下了极大的想象空间。要注意的是，他所使用的意象可不仅仅是自然意象，还包括神话、历史、典籍；甚至他偶然听到的路人甲和路人乙的对话，这些东西都被他写到了诗里。这些意象看上去庞杂纷乱，实际上却有着内在的逻辑性和统一性。

博尔赫斯的幻想

"拉美三大诗人"之一、阿根廷诗人博尔赫斯是一个通才，他不光诗写得好，写小说和随笔也都是超一流水平，算是一个"三绝"在身的三栖大神。说起来，博尔赫斯的神奇和他的人生境遇密切相关：一方面，他一辈子都在和图书馆打交道，阅读是他认识世界的主要方式，所以他算是一个书斋里的作家；另一方面，他因为眼睛有病，一生中有一半时间近乎失明，是在黑暗中度过的，所以他眼中的世界不可避免地带有虚构和幻想的成分。他把自己的写作归结为为数不多的几个意象，比如迷宫、镜子、百科全书，再加上一个老虎，这些都和阅读以及幻想相关联。这些意象都指向一个主题，那就是时间。就是说，博尔赫斯全部的文学生涯可以归结为一部迷人的书，就叫"时间之书"。

阿什贝利的变形

现代诗歌在经历现代主义阶段之后，在20世纪后半叶发展到后现代主义阶段，而后现代诗歌的代表人物就是美国诗人阿什贝利。美国诗坛上有很多诗人，互相都不服气，但大家在一件事情上颇有共识，那就是都敬佩阿什贝利。那么，后现代诗人眼中的世界是什么样子的呢？在他的诗里，世界是变形的，就好像经过凸面镜的反射一样，事物的大和小并不是按照大众理解的规律的。还有一个就是他在写作中抽掉了关键的一根线，就是逻辑，因为他认为逻辑违背了生活的真实。为什么呢？生活中的东西在进入人们的眼睛和内心的时候，可不是按照逻辑来的，而是一起涌进来的，所以是复杂的、多层次的。于是阿什贝利就用"共时态呈现"的手法再现这种真实，把许多东西同时推到读者面前。这是一种值得学习的高级技巧。

特德·休斯的童心

说到用不一样的眼睛、从不一样的角度看世界，英国桂冠诗人特德·休斯可以说做到了极致。他是怎么看世界的呢？他用孩子的眼睛去看。他自己是这么说的："要去想象所写的东西，要看到它、体验它。"他也是这么做的。当他像孩子似的看世界时，他的想象力就不像成人那样受到这样那样的观念的束缚，而是完全自由的；

当想象力得到完全的激发时，那就是一场狂欢。他写了很多关于动物的诗，也写了很多关于植物的诗；他写了很多地球上的东西，也写了很多地球外面的东西。这时候，想象力就是唯一的法则了。他在诗歌生涯的后期，甚至主要写儿童诗。为什么呢？这是他专门写给自己的两个孩子，帮助他们成长的。可以说，这是一位父亲能够拿出的最好的礼物。

特朗斯特罗姆的迷醉

　　用独特的视角观察世界的诗人还有一位，那就是瑞典诗人特朗斯特罗姆，他号称"20世纪最后一个诗歌巨匠"和"诗人中的诗人"。他在感受和认识世界的时候，就好像带着一种微微的醉意；这样一来，他就会模糊掉一些杂质，而直接抓住事物的本质、抵达事物的核心，然后在瞬间的顿悟中揭示世间万物的隐秘联系，因而非常精确。这种精确集中体现在他所打造的那些意象里，读者如果仔细去体会，就知道什么叫"意料之外，情理之中"了。需要说明的是，特朗斯特罗姆之所以能够做到这一点，可不仅仅靠天赋，还要靠艰苦的劳作。他所有的意象，全都是经过反复锤炼和持续提纯才得以新鲜出炉的。

第四辑

诗歌 游走在自由与反叛之间

19 死于玫瑰是最浪漫的告别吗?
里尔克的孤独

> 那时,
> 我依然会独自哭泣,
> 为了我曾身为石像而哭泣。
> 就算我的鲜血如美酒般嫣红、发酵,
> 又能如何?
> 依旧无法自海底深奁中唤醒那最深爱我的人。
> ——里尔克《石像之歌》

莱纳·马利亚·里尔克
Rainer Maria Rilke
1875-12-4——1926-12-29

奥地利诗人,出身于布拉格一个铁路职员家庭。高中毕业后,里尔克在布拉格大学等校学习哲学、文学史和艺术史,此后专事写作。里尔克于1919年迁居瑞士,直到逝世。其代表作为短诗《严重的时刻》《豹》《秋日》《石像之歌》和大型组诗《杜伊诺哀歌》《致俄耳甫斯的十四行诗》等。他一生漂泊,少有知己陪伴,但正是在这孤独的流浪生涯中,里尔克用一颗柔弱的心缔造了独属于他的诗歌王国,并且让世界为之喝彩。

从《豹》看诗歌和绘画的区别

大家去动物园看过豹子吧？你们有没有发现，像老虎、狮子这些猛兽，大都喜欢趴在笼子里安静地睡觉，只有豹子永远在不安地走来走去？如果要给兽笼中的豹子画一幅速写，你会怎么画？除了把豹子画得像，你还准备怎么表现它的精气神？

这一章介绍的奥地利诗人里尔克就曾经给豹子作过一幅很精彩的速写，不过他用的不是画笔，而是诗句。这首诗的标题就是《豹》。他是这么写的：

它的目光被那走不完的铁栏
缠得这般疲倦，什么也不能收留。
它好像只有千条的铁栏杆，
千条的铁栏后便没有宇宙。

仅仅通过这几句诗，就能看出诗歌和绘画的区别。绘画要精准地表现一只豹子的体态、骨骼、筋肉、皮毛等等，但是一首诗就不一样了，它会跳过这些外在的东西，直接抓住豹子的本质。那豹子的本质是什么呢？就是它的目光所反映的它的精神状态。

豹子被困在兽笼里，看见的只有铁栏杆。人在外面看它，跟它说话，甚至想喂它吃的，但这一切对于豹子来讲完全没有意义。它一心想的是从这没有尽头的囚禁中走出去，回到山林重获自由。

这种感受大家应该都不会陌生。无论是做不完的作业、习题，还是做不完的工作，都像是我们面前的一根根栏杆；我们也会像一头豹子一样，希望冲破这样的束缚，去追求自己的自由。

这首诗的最后四句是这么写的：

只有时眼帘无声地撩起。——
于是有一幅图像浸入，
通过四肢紧张的静寂——
在心中化为乌有。

我们能清晰地感受到那种紧张感，那种静与动、隐忍与爆发之间的张力。"眼帘无声地撩起"，会让人觉得它马上就要冲出来了，但它最终还是没有动，那种强烈的意愿又被它咽了下去。

在这种张力之下，是一种强烈的孤独感。从表面上看，里尔克是在不动声色地写豹子；而实际上，他是把人的孤独感都投射、代入到豹子身上。豹子的孤独就是人的孤独，就是作为诗人的里尔克的孤独。

这首诗有一种雕塑感，就是说这只豹子是非常立体的。这种雕塑感是从哪儿来的呢？是里尔克通过对一只真实的豹子的长期观察得来的。那是只黑豹，当时就在巴黎植物园里。

大概是 1902 年，里尔克到巴黎来发展，准备给雕塑家罗丹写一篇评传。实际上，他也是在向罗丹这位艺术大师学习怎样去创造艺术。他从罗丹那里学习到的最关键的一点就是，艺术创作不光要靠天才，更要靠艰辛的劳动。后来，这成了他一生抱持的信念。

具体到这首诗上，里尔克为了把豹子的精神气质写出来，就一次次地去巴黎植物园观察那只豹子，一观察就是好几个小时，反复地揣摩。这样一来，他写出来的豹子除了有精神气质，还像罗丹的雕塑作品一样，有一种立体的雕塑感。这就是这首诗带来的艺术的感染力。

三个密码解密里尔克的孤独

在讲《豹》这首诗的时候，我一直在强调孤独感。孤独实际上是关于里尔克的一个最重要的关键词，也是他一生的写照。

作为一个诗人，里尔克在整个现代诗的历史上是一个孤独沉思者的鲜明形象。为什么叫孤独的沉思者呢？因为里尔克对孤独有一种强烈的热爱。说起孤独的时候，人们一般想得更多的是怎样去对抗孤独、排解孤独，这是人之常情。但是里尔克为什么偏偏就热爱孤独呢？我们来分析一下。

里尔克是这样一个人,他从小就志向远大,觉得写诗是他的天职,写出最好的诗是他的最高目标。那怎么达到这个目标呢?他认为,"孤独"是一个最必要的条件。再读一读他另一首诗《秋日》来体会一下,他在诗里写道:

谁这时没有房屋,就不必建筑,
谁这时孤独,就永远孤独,
就醒着,读着,写着长信。

这短短几句诗,就包含了里尔克生活和创作的三个密码。

第一个密码是,他没有房屋。他一直没有一个正当职业,一辈子生活窘困,在欧洲四处漂泊,所以没有自己的房屋。

里尔克虽然没有固定的住所,可是他对写作环境非常挑剔。那他理想中的写作环境什么样呢?对他来说,这个地方不自然不行,临街不行,太吵不行,访客太多不行,甚至没有立式书桌他也写不出来。艺术家真是太难伺候了,所以他到处旅行,也是为了找到这样一个理想的地方,让他可以写出他心目中伟大的作品。

第二个密码是,他习惯于在夜里读书和写长信。现在我们都不怎么写信了,可是在里尔克那个时代,写信是一种很重要的生活方式。你知道里尔克一生写了多少封信吗? 15,000封!

那写信会不会影响他的创作呢?是这样的,里尔克经常会遭遇创作危机,并且觉得自己写不出心目中那种理想的诗来。这个时候怎么办呢?那他就给朋友写信,谈一谈人生、谈一谈艺术,这一方面是一种排解,一方面也是在等着灵感来找他。这是关于里尔克的第二个密码。

第三个密码就是,他对自己"永远孤独"的处境和命运有一种坦然接受的态度。你会问,他难道没有家庭吗?其实他结过婚,他的妻子克拉拉是位女雕塑家,两人志同道合,还有一个可爱的女儿。但是里尔克觉得,艺术家就该追求自己的艺术,不受家庭的牵绊。再说,两个贫穷的艺术家组成的家庭,每天都有喝西北风的风险。

所以他建议两个人分开，各自去追求自己的艺术。克拉拉对里尔克就像一个士兵对将军那样相信和服从，所以二话不说就把女儿送到外婆那里寄养，二人就真的分手了，从此聚少离多。从平常人的角度看，里尔克的为艺术献身，真有点儿不近人情，但就是这份偏执，造就了他非凡的艺术成就。

孤独最终成就了里尔克

里尔克这样追求孤独，最后的效果怎么样呢？他有没有实现自己的理想？里尔克写过一句诗，叫作：

有何胜利而言？挺住意味着一切。

这表明了他决绝的态度。虽然他一直在孤独地奋斗，但实际上他是一个很幸运的人，他的坚持和努力最终得到了最好的回报。

里尔克46岁的时候，旅游到了瑞士，看上了一座城堡，叫穆佐堡。他觉得这个地方特别适合写作，很符合他对理想的写作环境的标准。结果有一个朋友特别好心，就帮他把这个城堡租了下来，让他一个人住在里面写作。不久之后，在1922年的2月份，非常突然地，创作灵感一下子降临到他的身上。在大概20天之内，里尔克就写成了两部杰作：一部是长篇组诗，叫《杜伊诺哀歌》；另一部也是大型组诗，叫《致俄耳甫斯的十四行诗》。这两部作品有多重要呢？它们不仅是里尔克本人诗歌创作的最高成就，也是整个20世纪诗歌的巅峰之作。

里尔克的浪漫之死

这就是里尔克一生的故事，从追求孤独到获得成功的故事。像他这样一位诗人，还需要一个完美的人生句号。可以讲，命运女神对他是特别垂青的——里尔克的死特别浪漫。

刚才提到，他在穆佐堡里写出了两部杰作。穆佐堡周围种了很多玫瑰花，玫瑰花也是里尔克特别喜欢的花，因为他觉得玫瑰对他来讲象征着爱、纯洁和理想。有一天他在摘玫瑰花的时候，不慎把手指扎破了，伤口迅速地感染，不久他就死了，死于白血病。

我们说，里尔克生于孤独，死于玫瑰。这对于一个诗人来讲，是最浪漫的事了，就像传说中的李白醉酒捞月亮而死，两者真是异曲同工。

品读时间 | 最后，请读一读里尔克的诗《豹》，并且思考一下：里尔克所说的"一个伟大的意志"指的是什么？让我们一起品读。

豹
——在巴黎植物园

作者：莱纳·马利亚·里尔克
译者：冯至

它的目光被那走不完的铁栏
缠得这般疲倦，什么也不能收留。
它好像只有千条的铁栏杆，
千条的铁栏后便没有宇宙。

强韧的脚步迈着柔软的步容，
步容在这极小的圈中旋转，
仿佛力之舞围绕着一个中心，
在中心一个伟大的意志昏眩。

只有时眼帘无声地撩起。——
于是有一幅图像浸入，
通过四肢紧张的静寂——
在心中化为乌有。

20 女神是怎样炼成的？
阿赫玛托娃的高贵

> 她表达的内容自始至终明晰易懂。
> 她是她那一代作家中的简·奥斯丁。
> 从根本上说她是人类纽带的诗人。
> ——布罗茨基

安娜·阿赫玛托娃
А́нна Ахма́това
1889-6-11—1966-3-5

俄罗斯"白银时代"的代表性诗人，著有诗集《黄昏》《黄色的群鸟》《车前草》《安魂曲》等。她的诗体现了俄罗斯古典诗歌优美、清新、简练与和谐的传统，深受读者喜爱。苏联官方曾经蔑称她为"荡妇兼修女"，但在读者那里，她是"俄罗斯诗歌的月亮"。阿赫玛托娃虽然一生饱受迫害与挫折，但她的人生态度始终如她的诗歌一般，纯粹而高贵。

她对朋友的情义

还记得前面讲过的诗人曼德尔施塔姆的故事吧？他死后，他的妻子娜杰日达想尽一切办法保住了他的诗稿。其实，他的诗能够重见天日，还要感谢他的另外一位好朋友，就是俄罗斯女诗人阿赫玛托娃。

阿赫玛托娃和曼德尔施塔姆一样，都是俄罗斯文学"白银时代"的代表诗人，他们还同属于圣彼得堡的一个诗人组织，叫"诗人车间"，是里面诗写得最好的两个。

曼德尔施塔姆因为写诗讽刺斯大林被捕的那天，阿赫玛托娃恰好从圣彼得堡到莫斯科来看他，就住在他家里，目睹了秘密警察来盘问、抄家，并把曼德尔施塔姆带走的全过程。

朋友有难，阿赫玛托娃的反应是倾尽全力提供一切可能的帮助。她四处奔走为曼德尔施塔姆筹钱，还和另外一位诗人帕斯捷尔纳克一起找人说情，帮他减刑。后来，她专门去流放地探望曼德尔施塔姆，回来以后写下了这样沉痛的诗句：

而遭受贬黜的诗人房间里，
恐惧和缪斯在轮流值班。

"恐惧和缪斯在轮流值班"这一句是说，流放中的曼德尔施塔姆精神状况很不好，充满恐惧，但他依然诗情勃发，并写出了杰出的诗。

这还不算，曼德尔施塔姆死了十几年后，他的遗孀娜杰日达颠沛流离、居无定所，是阿赫玛托娃收留了她，让她住在自己家里。

我讲过的把曼德尔施塔姆的诗稿藏在炒菜锅、皮鞋里的招儿，就是这两个勇敢的女性那时候一起想出来的。

她献给爱情的颂歌

那么这样一位有情有义的铁娘子，其钢铁般的意志是怎样炼成的呢？是生活的苦难使她坚强，并用自己的诗歌写出了人性的高贵。

阿赫玛托娃是一个大美女。她身高1.80米，身材苗条，脖子修长，容貌端庄，一身的贵族气质。在"诗人车间"里，领袖古米廖夫是她的丈夫，其他诗人也都是她的好朋友，大家都爱她。一句话，她就是个女神。那个时候，她写的诗大部分是爱情诗，她特别善于用一些戏剧化的场景表达男女青年之间复杂又微妙的情感。比如她有一首诗，写恋人之间闹别扭，男主人公气冲冲地离开，女主人公有点儿后悔了，急忙追了出去。结尾几句是这样的：

> 我气喘吁吁地喊道：
> "刚才是玩笑。你走我就死。"
> 他平静而可怕地一笑，
> 对我说："别站在大风里。"

在这里，两个恋人的形象特别鲜明。特别是那个男友，虽然受了委屈，也很生气，但对女友还是很关心，充满爱意。对于这种复杂的心理状态，她只用了一句"别站在大风里"，便刻画得十分传神。

她经受的苦难

但人生怎么可能总是一帆风顺呢？从第一次世界大战到十月革命，再到第二次世界大战，俄罗斯社会的剧烈变化也使阿赫玛托娃的生活发生了一个接着一个的重大变故。这里说说其中三个主要的变故。

第一个变故，是 1921 年，她的前夫、诗人古米廖夫因为莫须有的罪名——"参与反革命阴谋活动"，被秘密枪决。

第二个变故，是她的独生子、学者列夫·古米廖夫第四次被逮捕，有 14 年时间在监狱和苦役营里度过。

第三个变故，是她自己的文学生涯受挫。1946 年，她遭到苏共中央的批判，被开除出苏联作家协会，从此不能再发表作品。

有人会说，阿赫玛托娃真是太倒霉了，这么多变故，就是一个也够受的。其实，这恰恰是阿赫玛托娃那一代俄罗斯知识分子命运的一个缩影，大家都在受苦。那么在苦难面前，应该如何抉择？阿赫玛托娃的抉择，凸显了人性的勇敢和高贵。

她的高贵抉择

她的第一个抉择是，坦然面对命运。她的一些朋友，纷纷移居到西方国家，还劝她也这么做，但被她严词拒绝了。她选择留在祖国俄罗斯，和人民站在一起，与他们共同承受苦难。她在一首诗里这样严正地表明自己的立场：

那些抛弃了国土、任仇敌践踏的人，
我绝不会与他们为伍。

她认为，离开祖国去求得一己的安宁和幸福，自己就会成为无源之水、无本之木。就像她在这首诗里写的：

流浪的人啊，你的道路黑暗苍茫，
异乡的面包又酸又苦。

当初洋溢在她的爱情诗里的那种激情，在这里已经化成直面苦难的勇敢担当和对未来的信念。她这样写道：

但是我们知道，在未来的评判中，
每一时刻都将证明我们无罪；
在世上不流泪的人中间，
没有人比我们活得更高傲和纯粹。

"活得更高傲和纯粹"，说得多好！

她拥抱生活的真实

阿赫玛托娃的第二个抉择是，拥抱生活的真实。

她的儿子列夫被判刑后，她去探监总要排长长的队，并焦急地等待。有一次，探监队伍里一个女人突然小声对她说："您能把这个写下来吗？"这个女人其实并不知道她是个诗人，可是不知怎么，就是直觉她可以做到。阿赫玛托娃回答她说："能。"这时候，一丝微笑从那个女人脸上掠过。

这个故事被阿赫玛托娃写在她的长诗《安魂曲》的序言里。这部作品写的就是她作为一个普通母亲去探监的种种感受,非常质朴、感人。

她为什么要把这个故事放在诗的关键位置呢?

分享一下我的理解吧。阿赫玛托娃深深地意识到,她的痛苦已经不是她个人的一己悲欢,而是整个民族的苦难,是生活的真实。俄罗斯人民需要她,需要她把这一切写出来,这是她义不容辞的责任。她的诗在慰藉他们心灵的时候,因为她和人民始终在一起,她的诗也变得更有深度,有更强大的力量。

她这样写自己:

你排在三百号,手托探监的物品,
…… ……
用你滚烫的泪水,
烧穿新年的冰层。

这时候,她已经不只是一个人人爱慕的女神、诗人,也是一个为儿子担心的普通母亲,是千千万万个受苦的俄罗斯灵魂中的一个,是第三百号。

所以她假设,倘若有一天,有人想为她竖一座纪念碑,她希望这座纪念碑就竖在监狱那里:

在我伫立了三百个小时的地方。

阿赫玛托娃这首《安魂曲》并没有在她生前公开发表,但是在地下口耳相传,好多俄罗斯人都会背诵。这说明,他们是多么热爱这个把苦难变成高贵声音的诗人！如果说普希金是"俄罗斯诗歌的太阳"，那么阿赫玛托娃就是"俄罗斯诗歌的月亮"——是的，俄罗斯人就把这顶桂冠戴在了她的头上！

品读时间 | 最后,请读一读阿赫玛托娃的诗《那些抛弃了国土、任仇敌蹂躏的人……》,并且思考一下:阿赫玛托娃为什么说"异乡的面包又酸又苦"?让我们一起品读。

那些抛弃了国土、任仇敌蹂躏的人……

作者:安娜·阿赫玛托娃
译者:晴朗李寒

那些抛弃了国土、任仇敌蹂躏的人,
我绝不会与他们为伍。
我不会去听他们粗俗的谄媚,
更不会为他们献上自己的歌声。

而我永远会怜悯流放的犯人,
无论他是囚徒,还是病夫。
流浪的人啊,你的道路黑暗苍茫,
异乡的面包又酸又苦。

在这里,大火的浓烟之中
我们虚度着残余的青春,
对自身的任何一次打击
我们都不曾回避。

但是我们知道,在未来的评判中,
每一时刻都将证明我们无罪;
在世上不流泪的人中间,
没有人比我们活得更高傲和纯粹。

21 除了谈恋爱，诗还能用来救命！
聂鲁达的收放

> 不论在哪种语言中，
> 他都是20世纪最伟大的诗人。
> ——马尔克斯

巴勃罗·聂鲁达
Pablo Neruda
1904-7-12—1973-9-23

　　智利著名诗人。他13岁开始发表诗作，于1923年发表第一部诗集《黄昏》，1924年发表成名作《二十首情诗和一支绝望的歌》，自此登上智利诗坛。他的诗歌既继承西班牙语诗歌的传统，又接受了波德莱尔等法国象征主义诗人的影响；既复活了美洲大陆的梦想，又从惠特曼的诗中找到了自己最倾心的形式。聂鲁达一生的诗歌创作有两个主题，一个是政治，另一个是爱情。在他的作品中，永不褪色的激情就是最好的标签。

笔名的由来

很多人觉得诗没有什么用，不过从智利诗人聂鲁达身上我们能看到，诗既有实际的用处，也有更高层次的用处。

先来说说聂鲁达的家庭和他的父亲吧。他的父亲和很多人的想法很一致，觉得诗没用。为什么呢？他父亲是一名铁路工人，不太理解艺术这一类的东西，他认为所有的艺术，写诗也好，唱歌也好，画画也好，都是一些特别无聊、无中生有的事情。他觉得只有一样东西能称得上艺术品，那就是他建筑的那条跨越群山的铁路桥。

聂鲁达有个哥哥有唱歌的天赋，有一次得到了奖学金，想去首都圣地亚哥念音乐学院，他父亲就把他暴揍了一顿，说："我绝对不允许你去唱歌，做这么丢人现眼的事。"

正好聂鲁达也在旁边，他父亲顺便把他也训了一顿，说："你也一样，你不是爱写诗吗？以后也不能跟那些诗人混在一起了，写诗唱歌，那都是不务正业的人才干的事。"聂鲁达的父亲就是人们现在说的"直男癌晚期"。

这个时候，对于只有十来岁、从小就把写诗作为生命中头等大事的聂鲁达来讲，他正面临着人生的第一个挑战，就是怎样度过这样一个危机，把自己的诗歌之路顺利走下去。

他想出的一个办法就是用笔名发表诗，不让他父亲知道。这样既可以免除皮肉之苦，又可以脱离他原来的生活环境，更自由地进行诗歌表达。

最后，他在书里找到了一个笔名：聂鲁达。那是一个远在欧洲的捷克诗人的名字。这真是一个讽刺，今天全世界都知道智利的大诗人聂鲁达，可谁还记得他本来姓什么、叫什么呢？

诗歌的实际用处

而且在聂鲁达那里,诗歌真的有实际用处。这里讲两个故事吧。

第一个故事:有一次,他和朋友们去夜总会聚会,碰到两个流氓打架。他一冲动,就上去呵斥他们:"不要脸的坏蛋,大家是来跳舞的,不是来看你们演闹剧的!"这下子惹祸了,其中那个膀大腰圆的流氓截住他,准备教训他一顿。聂鲁达那时候很瘦弱,不过勇气可不小,上去就推那个流氓,可就像推一堵墙似的。看上去一场惨剧不可避免了。可是这时候剧情反转,那个流氓突然换了副面孔,问:"您是诗人巴勃罗·聂鲁达吧?"聂鲁达说:"是啊,怎么的?"那人居然痛苦地抱着头,说:"太不幸了!我就在我钦佩的诗人面前,当面骂我坏蛋的就是他!"敢情这个流氓是聂鲁达的读者。他还掏出一张未婚妻的照片,说:"请您看看她的照片吧。我会告诉她,您亲手拿过这张照片。就是因为我们都背诵过您的诗,她才爱我的。"

这个故事有趣吧?说诗歌可以让人免遭皮肉之苦,还是有偶然性;但诗歌能够触及人的灵魂,让针锋相对的对手握手言和,这可是千真万确的。

另一个故事,就更能说明诗歌的实际功用了。

1943 年,聂鲁达访问秘鲁,参观了马丘比丘遗址。这是一座古代印加人建造在悬崖之上的城市,和我们国家的泰山一样,是世界自然和文化双遗产。两年后,聂鲁达写下了他一生的巅峰之作——500 行的长诗《马丘比丘之巅》。这首诗既是一支历史和文明的赞歌,也是一支个人觉醒之歌。在这个建筑奇观面前,聂鲁达感受到了自己的渺小,也欣喜地发现,自己不只属于智利,还属于秘鲁,属于整个美洲。所以他写道:

穿过朦胧的光焰,

穿过岩石的夜晚,让我将手伸进去,

让那被遗忘的古老的心灵

像一只被捕千年的鸟,在我的胸中跳动!

在这里,"被捕千年的鸟"就是被囚禁的美洲大陆的梦想。它在诗人的胸中跳动,就象征着这个梦想的复活。"复活一个大陆的梦想",这恰好是1971年聂鲁达获得诺贝尔文学奖的理由。

聂鲁达这首诗写成后被广泛流传,使得马丘比丘越发出名;于是秘鲁政府修建了通往马丘比丘的山路和铁路,把它开发成一个世界级旅游胜地。所有去南美旅游的人,几乎都会把马丘比丘当成自己的终极目的地。

这就是诗的奇迹———一首诗振兴了一个国家的旅游业。

爱情诗中的激情

有人说过:"用一句话概括聂鲁达的诗,好比用一张捕蝴蝶的网,捉一只安第斯秃鹰。"也就是说,聂鲁达的诗太丰富了,不好简单总结。不过,咱们不妨试着造这么一张网,捕一捕聂鲁达这只秃鹰。这张网就是:在聂鲁达的诗里,爱的激情永不停歇。

爱的激情首先体现在他写了一辈子的情诗这件事上。先听听这两句:

我喜欢你是寂静的,仿佛你消失了一样,

你从远处聆听我,我的声音却无法触及你。

这是他的《二十首情诗和一支绝望的歌》的第15首,是他20岁的时候写的,写给他年轻时的恋人。对方好像就在身侧,但实际上却遥不可及，现实的距离和心理的距离中间有落差。对于这样一个爱恋的对象，他有一种想够又够不着的怅惘，于是就带来了这样一种忧伤中还带着点儿绝望的调子。

再听听这几句：

你是黑黏土造的小马，是黑泥
造的吻，我的爱，是黏土造的罂粟，
是黄昏的鸽子在路上拍着翅膀，
是箱子装满我们童年的眼泪。

这是他的《十四行情诗一百首》中的第29首，写给他的第三任妻子玛蒂尔达。这组诗出版的时候，他已经55岁了。可以对照体会一下，那种丰沛的激情，是不是30多年下来一点儿都没有减弱，反而更深沉、更有内涵了？特别是那一句"黏土造的罂粟"，写得非常好。黏土暗指人来自大地；罂粟是很危险的东西，一方面很美，一方面很有诱惑力，让人不能自拔。聂鲁达就这样用黏土和罂粟把爱人固定在一个形象里——她来自大地，且很有魅力。

进步诗歌中的激情

聂鲁达的激情，还体现在他那些充满战斗精神的革命诗里。他是一个情圣，更是一个投身进步事业的战士。他在西班牙做领事的时候，正赶上西班牙内战，诗人洛尔卡就在西班牙内战中被法西斯分子杀害了。洛尔卡和聂鲁达是互相钦佩的两个天才，一到一起就开心得不得了。两人干过的一件最好玩的事，就是在布宜诺斯艾利斯一个欢迎仪式上合演了一出"双簧"，就是"双人致辞"。轮到他们分别致辞的时候，两人同时站起来，聂鲁达说"女士们"，洛尔卡说"先生们",然后你一句我一句地接力,一直说到最后一句,配合得天衣无缝。所以说,洛尔卡的死是最让聂鲁达痛心的事。

于是他把诗句都化成了子弹,射向法西斯敌人。他最悲愤的一首诗,是诅咒法西斯的首脑佛朗哥将军的:

你不配睡觉,

即使眼睛支上别针也不行。将军,

你应该终日醒着,永远醒着,

面对年轻产妇的腐臭,

她们在秋天里被你射杀。

"即使眼睛支上别针也不行"这句诗写得很生动,表现出诗人强烈的愤怒和厌恶,比破口大骂更有效。他将这些诗汇集成诗集《西班牙在心中》,鼓舞着共和派战士们去战斗。这本诗集就是战士们在战争的艰苦环境下自己造纸、排版、印刷出来的,是他们的骄傲。书刚印出来,共和派就战败了。可是战士们宁愿舍弃自己的食物和衣服,也不愿丢掉它们,于是就扛着一袋袋诗集,踏上了撤退的漫漫征途。

他的激情是对生活的赞歌

最后要说的是,聂鲁达的激情更是献给生活本身的赞歌。对生活的热爱,才是他那些瑰丽的诗篇得以不断产出的真正源泉。

聂鲁达的一生跌宕起伏,20世纪的历史戏剧性地浓缩在了他的身上。他做过外交官,加入过智利共产党,参选过智利总统;他曾经把西班牙的反法西斯战士们营救到智利,曾经在矿山为矿工们读诗;他有过很多次炽烈的恋情,有过无数朋友,也有过无数敌人;

他自己设计自己的家,收藏了很多"破烂",单是他在世界各地搜罗的海螺,就有15,000枚。

15,000这个数,是聂鲁达在他的回忆录《我承认,我曾历尽沧桑》里面透露的,但是不一定准确。为什么呢?这里透露一个秘密:传说,聂鲁达算术特别差,减法和乘法老算错,而且根本不会除法。

品读时间 | 最后，请读一读聂鲁达的一首诗，《十四行情诗一百首》的第29首，并且思考一下：聂鲁达为什么把"你的母亲依旧在天上跟我的母亲／一同浣衣"当作选择伴侣的条件？让我们一起品读。

十四行情诗一百首·第29首

作者：巴勃罗·聂鲁达
译者：陈实

你来自南方贫穷的屋子，
来自地震与酷寒的荒原，
那儿的神旋转着走向死亡，
教会我们向黏土找生活。

你是黑黏土造的小马，是黑泥
造的吻，我的爱，是黏土造的罂粟，
是黄昏的鸽子在路上拍着翅膀，
是箱子装满我们童年的眼泪。

小宝，你保存着贫穷的心，
熟识沙石的贫穷的脚，
以及你不常有面包糖果的嘴巴。

你来自贫穷的南方，那是我的灵魂的故乡：
你的母亲依旧在天上跟我的母亲
一同浣衣。我为此选你做伴。

22 为世界命名,诗人抢了谁的饭碗?
帕斯的自信

> 爱是海洋中的一滴水,
> 而这滴水知道自己是一片海洋。
> ——帕斯《鹰或是太阳?》

奥克塔维奥·帕斯
Octavio Paz
1914-3-31——1998-4-19

墨西哥诗人、散文家,生于墨西哥城。1990年,由于"他的作品充满激情,视野开阔,渗透着感悟的智慧并体现了完美的人道主义"而获得诺贝尔文学奖。帕斯的创作融合了拉美本土文化和西班牙语系的文学传统,继承了欧洲现代主义的形而上追索,以及用语言创造自由境界的信念。其代表作为《太阳石》《废墟间的颂歌》《石与花之间》等。

他和聂鲁达的恩怨

前面介绍了智利诗人聂鲁达,聂鲁达是20世纪拉美三大诗人之一。另外两位是谁呢?一位是阿根廷诗人博尔赫斯,本书已经介绍过了;还有一位就是我们接下来要介绍的主角——墨西哥诗人奥克塔维奥·帕斯。帕斯和聂鲁达有很多相似的地方,不过两个人之间也有一段持续了很长时间的恩怨。

先说说帕斯和聂鲁达的相似之处,大概有这么几条。

第一,他们经历类似,都从政,当过外交官,比较关注社会现实。

第二,他们基本上都属于思想左倾的进步诗人。

第三,他们都有标志性的代表作,聂鲁达的代表作是长诗《马丘比丘之巅》,帕斯的代表作是长诗《太阳石》。

第四,他们都获得了世界性的声誉,都得过诺贝尔文学奖。

最后一点,他们在各自国家文学和文化上的地位都至高无上。我去墨西哥出差的时候就有个感觉,这是个属于帕斯的国家,甚至可以说在文化上,帕斯等于墨西哥。

那么帕斯和聂鲁达之间的恩怨是怎么回事呢?是不是生活中有什么摩擦,或者说是简单的"文人相轻"?

其实都不是。说起来,聂鲁达算是帕斯的兄长和引路人。1937年,聂鲁达组织全世界的作家、诗人到西班牙的马德里参加反法西斯作家代表大会。他慧眼识珠,把只有23岁的帕斯给请去了。帕斯当时初出茅庐,还没什么名气。他们两个虽然成了好朋友,但是在如何对待政治和艺术的关系上,他们产生了分歧,意见不合。帕斯认为聂鲁达把诗写成了政治的宣传口号,有点不像诗;聂鲁达却指责帕斯,说他是"资产阶级分子"。就这样,两个人反目成仇,在公开场合互相攻击,持续了20多年才握手言和。

他是语言的解放者

说到世界和艺术的关系,帕斯是怎么做的?我们可以从三个方面来理解,同时也了解一下帕斯的整个诗歌成就。

第一点,帕斯是诗歌语言的解放者。

诗在有些诗人那里,是用来歌唱的;在另外一些诗人那里,是用来说的。可是在帕斯这里,诗歌的语言是用来呈现的。

什么是呈现呢?用帕斯本人的话说,就是"展示这个世界,创造另一个世界"。这"另一个世界"就是诗的世界,而他的手段就是不断地净化语言,挑战语言的透明度,从而解放语言的表现力。挑战语言的透明度,就是去除语言上面附加的杂质,还语言以本来面目。

这里举两个例子,大家体会一下。

他有一首诗叫《废墟间的颂歌》,是这样写的:

大海爬上岸来,

巨大的蜘蛛拥抱岩石;

这句诗描述的是海浪涌到岸上,海水在岩石的缝隙中滞留的一瞬间。那一瞬间,海水在岩石中间好像凝固了,像巨大的蜘蛛抱住了岩石。瞧瞧,这是多么丰富的想象力!

还是这首诗,里面有这么一句:

日子,圆圆的日子,

二十四小瓣组成的灿烂橘子,

每瓣都渗透着同样的黄色甜蜜!

这24瓣橘子,实际上指的是一天的24小时,就好像钟表一样,是一个非常精妙的比方。"黄色甜蜜"是把视觉和味觉结合起来,因为黄色是视觉，甜蜜是味觉，这样来表现"日子"可以带给人满足和幸福。这里用的是通感的手法，就是用形象的语言使感觉转移，让听觉、视觉、嗅觉、味觉、触觉等不同的感觉互相沟通和交错。

语言就是这样，人用着不顺手的时候，怎么做都觉得词不达意，语言就成了束缚。可如果像帕斯这样，把语言的活力和表现力给解放出来，语言反过来也会解放使用者自己，无论是语言的疆域还是精神的疆域，都会得到极大的拓展。

他是世界的命名者

那么帕斯解放了语言，用语言干什么呢？他用语言为世间万物命名，是一个世界的命名者。

在现代诗歌里，诗人一般倾向于写一些自身的生活、处境、感受，还有自我同时代、世界的关系，而像太阳、大海、春天、风、火这一类元素性的东西，大家逐渐写得少了。为什么呢？一个是生活的内容变了，一个是前面的诗人都写过了，写出新意挺难的，一不小心就会写得空泛，被人批评为"宏大叙事""宏大抒情"。

帕斯了不起的地方就在于，他并不会刻意回避这些元素性的东西，大家写滥了的东西他还敢写，有时候是几行小诗，有时候是洋洋洒洒几百行的大作。问题是，也只有他才能写出新意。所以说，帕斯为世界命名的时候，有一种王者的迷之自信，这才叫大诗人的气魄和豪情。

他的方法是什么呢？那就是在万物面前清空自己，张开他感知系统的所有触角，领受"神意"，通过顿悟抵达生命的化境。

大家先读一读这两句，感受一下：

我的双手碰到的一切，飞起。

世界到处都是鸟儿的天地。

帕斯这是在写自然界中春天的来临。世上有很多写春天的文字，情绪往往是欣喜、激动的，但帕斯这两句要深沉得多，就像是上帝或者造物主在为春天命名、为飞翔命名。

再听一听这一首：

在躯体的黑夜里
骨骼是闪电。
世界啊，一切都是黑夜
而只有生命是闪电。

这是为闪电命名，给闪电以一种丰富的内涵，同时又赞颂生命。

那么帕斯怎么样为另外一些东西，比如说劳动这样的品质命名？他这样写：

你的日工资是你流的汗，
每天的露珠
在你日常的苦难中
变成一顶透明的王冠。

这首诗叫《石与花之间》，是帕斯去墨西哥的尤卡坦半岛考察龙舌兰种植业后写下的。龙舌兰这种植物特别壮观，长得像芦荟，但是有十几米高，它可以提供纤维，还可以酿酒。问题是，种植龙舌兰的玛雅农民特别贫困，他们是最底层的劳动者，钱都让别的人赚走了。帕斯去那个地方，就是去开办一所农民子弟学校，帮助农民的孩子受教育。所以，他对他们的同情和帮助在诗里就化作了对辛勤劳作的肯定和赞颂；把他们的汗水比作苦难岁月里的王冠，让读者感觉既高傲又沉痛，有一种深沉的激情。

帕斯为世界命名的自信，其实是有底气的，那就是对世界文明的全方位把握。首先，他出身于知识分子家庭，从小接受法语和英语教育，对西方文化了如指掌。其次，他有印第安血统，对本土文化的理解特别透彻。再次，他是欧美诗人里面对东方文化理解得最深最透的一个。他写过俳句，翻译过李白、王维、杜甫的诗歌，尤其喜欢韩愈的文章，还把一本诗集命名为《东坡》，就是向苏东坡致敬。最后也最重要的是，帕斯这人"三观"正确，一身正气。

他是形式的革新者

那么一身正气的帕斯，会不会流于保守呢？其实不会。他在自己的专业领域里，可是一个十足的先锋人物。他是一个诗歌形式的探索者和创新者。

如果说诗歌领域有十八般武艺，那么帕斯是样样皆会、样样皆精。除了刚才讲的一些短诗，表现了他面对世界的这种顿悟以外，他还有结构性很强的洋洋洒洒的长诗，比如我前面提到的《太阳石》。

"太阳石"是墨西哥18世纪出土的一块阿兹特克人的太阳历石。帕斯写这块历石，把他对文化、文明、历史、现实、爱情、理想、死亡、生存的思考全都写进去了。这首诗被认为是20世纪诗歌的一部巨作，也有人把它和艾略特的《荒原》相提并论。关于这首诗，这里只说说其在形式上的三点创新之处。

第一，全诗584行，是精心设计的，和古代阿兹特克人的信仰有关。因为他们观测到，金星围绕太阳公转的周期就是584天。第二，这首诗没有一个句号，都是逗号，它是一气贯通的，非常有气势。第三，这首诗有一个奇特的环形结构。就是说，它的开头六句和结尾六句完全相同，而且结尾处都是一个冒号。这就意味着这首诗没有结束，读者还可以回去重新开始，循环着读，所以是一个永不终止的环形结构。

他的诗还有一种结构叫阴阳结构，比如前面提到的《废墟间的颂歌》这首诗。全诗一共七节，分成阴阳两部分，一、三、五、七单数节是阳，二、四、六双数节是阴。单数节是光明、温暖的颂歌，双数节是对社会现实阴暗面的批判，两相对比，而且用不同的字体来体现，单数节是正体，双数节是斜体。

他还有一首长诗叫《白》，发表的时候不是印成书，而是印在一张5米长的大纸上，要卷着看。为什么呢？因为这首诗有一个空间结构，普通的书印不下。全诗分左中右三栏，像一个"品"字形，每一栏都单独是一首诗，整体上又可以作为一首诗来读，等于是从一首诗里读出了四首诗、四种感觉。

他还有好多其他形式的探索，比如谜语诗、结构诗、图形诗，这里就不一一介绍了，毕竟一口吃不下一个胖子。

那么帕斯这种形式的探索有没有意义？当然有意义。他的全部努力，实际上是帮助人们拓展了语言的空间、思维的空间，让人们知道诗歌有无限的可能性，大家的精神生活还有更大的疆域可以拓展。

品读时间

最后，请读一读帕斯的诗《生命是闪电》，并且思考一下还可以把什么比作闪电。让我们一起品读。

生命是闪电

作者：奥克塔维奥·帕斯
译者：赵振江

在海洋的黑夜里

只有鱼儿或闪电

在树林的黑夜里

只有鸟儿或闪电

在躯体的黑夜里
骨骼是闪电。
世界啊，一切都是黑夜
而只有生命是闪电。

23 畅饮阳光是怎样的滋味?
埃利蒂斯的纯粹

> 美和光明有时会被看作不合时宜或微不足道的东西,不过我觉得想要接近天使形状的内心追求比起制造各种魔鬼的作用来要困难多了。
> ——埃利蒂斯,诺贝尔文学奖受奖演说

奥德修斯·埃利蒂斯
Οδυσσέας Ελύτης
1911-11-2——1996-3-18

希腊杰出的现代诗人,出生于克里特岛。他曾在大学学习法律,"二战"时期在希腊军队服役。1979年获得诺贝尔文学奖,主要作品有诗集《方向》《初升的太阳》《英雄挽歌》《对天七叹》《理所当然》等。他的诗歌结合超现实主义手法和爱琴海风物人情,纯粹而深湛,毫无杂质。

拿阳光当水喝的诗人

本书介绍的这些诗歌大师,有不少属于"阴性"的诗人,就是说其作品风格比较沉郁,更多地写黑暗、孤独、痛苦,以及其他生活的阴暗面。那么,有没有特别阳光的诗人呢?

下面要介绍的这位诗人就是满满的正能量,阳光到极致:他在诗里,竟然拿阳光当水喝。

他就是希腊诗人埃利蒂斯。埃利蒂斯生在爱琴海中最大的岛屿克里特岛,长在雅典,去法国求过学,还作为一名陆军少尉参加过反法西斯战争,并于1979年获得诺贝尔文学奖。他用全部的激情和才华描绘和歌颂爱琴海,被称为"爱琴海歌手"。

那么埃利蒂斯拿阳光当水喝,是怎么回事呢?他有一首无题诗,第一句是这么写的:

饮着科林斯的太阳

就是因为这句诗,他又被称为"饮日诗人"。

科林斯是希腊中部的一座古城,是连接希腊北部和南部伯罗奔尼撒半岛的战略要冲,有大量古代遗迹,比如古希腊时期的阿波罗神殿、古罗马时期的市场遗址、拜占庭时期的石墙。埃利蒂斯来到科林斯访古,和我们去西安参观兵马俑、大雁塔的感受应当是类似的。所以,这首诗的主题就是现代灵魂与古老传统相遇,从中得到洗礼和升华。这首诗里最招人喜欢的是结尾的一句:

于是我离开,报以辽阔无边的一顾
这时我眼中的世界被重新创造了
又变得那么美好,按照内心的尺度!

诗人作为现代灵魂对古代文明的巡礼结束后，他获得了更加宽阔的眼界，内心的原则和秩序得到了确认和加强。而这时，他无比欣喜地发现，这个世界变得更加美好了。

双手捧着太阳而不被灼伤

有人会想，我们喝口开水都嫌烫，埃利蒂斯畅饮太阳，就不怕烫伤吗？关于这一点，埃利蒂斯自己是这么说的："双手捧着太阳而不为它所灼伤，把它像火种般传给后继者，这是一项艰巨而我认为也很幸福的任务，我们正应该这样做。"

所以，"双手捧着太阳而不为它所灼伤"，既是埃利蒂斯的主动选择，也是他所意识到的光明对一个现代希腊诗人的召唤。讲个小故事吧，可以加深印象。

有一天中午，太阳很烈，埃利蒂斯在爱琴海边看见一只蜥蜴爬上一块石头。他屏住呼吸，一动不动地站着，看蜥蜴要干什么。这时候，蜥蜴突然跳起了舞，那是一连串带着节奏的、蹦蹦跳跳的小动作，特别可爱。埃利蒂斯一下子被触动了，深深地感受到光明的神秘。

这下子大家就能理解埃利蒂斯为什么要"喝"太阳了。

喝太阳就像喝酒，是会上瘾的。埃利蒂斯在后来的诗中，还一而再，再而三地畅饮太阳。前面说过，埃利蒂斯曾经作为一名陆军少尉参加反法西斯战争。他的一个战友，也是个少尉，在战场上牺牲了，于是他就写下了长诗名作《英雄挽歌》纪念战友。他在诗里这样描写死去的战友如何向天堂飞升：

满脸霞光熠熠,他独自上升

喝醉了阳光,亮透了一颗心

埃利蒂斯的巅峰之作是大型组诗《理所当然》。他在诗里将自己描述成一个创造现代希腊神话的诗人形象:

那么这就是我,

为了少女们和爱琴海诸岛而创造的我,

雄獐跳跃的爱慕者

和橄榄树的新信徒:

太阳的饮者和灭蝗的能手。

看啊,他又开始喝太阳了!

为光明和清澈发言

除了光明,埃利蒂斯还写什么呢?他写清澈。

他在领取诺贝尔文学奖时,开篇就说:"请允许我为光明和清澈发言。"光明和清澈,恰恰就是埃利蒂斯生活的爱琴海世界两个最主要的特征和气质。它们有一个共性,就是透明;埃利蒂斯的诗,就凭着这种透明,达到纯粹的深湛境界。太阳代表着光明,刚刚已经介绍过了;那代表着清澈的,自然就是爱琴海了。

那么埃利蒂斯诗里的爱琴海,是什么样子的呢?

古希腊出过很多哲学家、科学家,所以很长时间以来,希腊都被看作理性的化身。但是埃利蒂斯很反对这个说法,他认为这是误解了希腊的真实面貌和精神气质:希腊就像爱琴海一样,光明而清澈,蕴藏着无穷无尽的生命力。大海对于希腊人来说,是某种非常亲切非常熟悉的、一点儿都不粗暴的东西,就像花园一样,是一块等待着耕耘的土地。所以,他拒绝理性,崇尚感性,也就是用感觉来构造自己的诗句。

就因为凭借感觉写诗,所以自然和现实在埃利蒂斯的笔下都会发生变形。怎么变形呢?这里举几个例子。

他表现天空的蔚蓝,是这么写的:

我的上帝,你费了多少蓝颜料来防止我们

看到你!

他描写海边经历了无数次风暴侵袭的礁石,是这么写的:

你嘴上有风暴的滋味

他描述希腊的旱季结束、雨季到来,是这么写的:

第一滴雨淹死了夏季

他写夏天,就把夏天的特征拟人化,写成一首《夏日的躯体》:

这是谁,在那边海滩上摊开手脚

抽着银灰色橄榄叶的烟,仰天而卧?

在这里,夏天变成了一个躺在海滩上晒太阳的人;生长在大地上的橄榄树,成了夏天向上喷吐的烟雾。是不是非常新奇、令人惊讶的想象?

当然了,变形最厉害的还是太阳。在埃利蒂斯的诗里,太阳不光会燃烧,有时候还会出汗,还会在姑娘们的牙缝里颤抖。他的名诗《疯狂的石榴树》其实也是写太阳的，但是必须细细品味才能明白。本来安静生长的石榴树，怎么会疯狂呢？因为它象征着蓬勃的生命力，所以能够带来活力，带来欢乐，带来希望，带来勇气。那太阳在哪里呢？它已经在石榴树的果实中结晶了。只有太阳带来的生命力，才会蕴含强大的力量，就像他在诗的结尾写的：

告诉我，那展开羽翼遮盖着万物的胸乳，

遮盖在我们深沉的梦寐之心上的

是不是疯狂的石榴树？

用自己的诗，创造现代的希腊神话

大家可能发现了，埃利蒂斯和前面介绍过的另一个希腊诗人卡瓦菲斯不太一样，他写诗的时候不怎么借用古希腊的神话传说。这又是埃利蒂斯主动的选择，和他的志向有关。

什么志向呢？他要用自己的诗，创造现代的希腊神话。他并不排斥古希腊神话，而是希望借助表现爱琴海的风光，去深入体会和感受古希腊神话产生的源流，为他理想中的新希腊世界寻找精神的源泉，打造新的神话体系。所以他只是放弃了具体的神话形象，留下了神话的精髓，这就是所谓的"得意而忘言"吧。这个新的神话体系，在前面提到的《理所当然》里，就得到了完整的建构。作为一部现代抒情史诗，这部大型组诗有着希腊东正教堂一样庄严、恢宏的结构，分为"创世颂""受难颂""光荣颂"三部分。

我强烈建议大家去希腊旅行，好好感受一下那里的阳光和大海，特别是在了解了埃利蒂斯的诗以后再去看。我保证，那感受绝对非同凡响。

品读时间

最后,请读一读埃利蒂斯的诗《饮着科林斯的太阳……》,并且思考一下:你所理解的"内心的尺度"是什么?让我们一起品读。

"饮着科林斯的太阳……"

作者:奥德修斯·埃利蒂斯
译者:李野光

饮着科林斯的太阳

读着大理石的废墟

大步走过葡萄园和海

将我的鱼叉对准

那躲避我的祭神用的鱼

我找到了太阳赞歌所记住的叶子

渴望所乐于打开的生活领域。

我喝水,采撷果实

将我的双手插入风的叶簇

柠檬树催促着夏日的花粉

青鸟从我的梦中飞渡

于是我离开,报以辽阔无边的一顾

这时我眼中的世界被重新创造了

又变得那么美好,按照内心的尺度!

24 你不在家时，你的猫在干什么？
希姆博尔斯卡的克制

> 害羞，
> 谦虚，
> 获诺贝尔奖对她是个负担。
> 她在自己的诗里面静默，
> 她不会把自己的生活写进诗里。
> ——米沃什

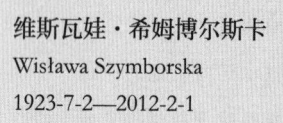

维斯瓦娃·希姆博尔斯卡
Wisława Szymborska
1923-7-2——2012-2-1

波兰诗人、作家、翻译家，享有"诗界莫扎特"的美誉。她生于布宁，后移居克拉科夫，长期担任诗歌编辑和专栏作家。1996年，因其诗作"具有不同寻常和坚忍不拔的纯洁性和力量"而荣获诺贝尔文学奖。其主要作品有诗集《呼唤雪人》《种种可能》《巨大的数目》等。她是诗坛又一位"宅家女神"，是一位喜欢与动植物"对话"的奇人。

你不在家时，你的猫在干什么？

各位养过猫吗？如果养猫的话，你肯定遇到过这种情况：一家子人早上出去上班、上学，就得把猫独自留在家里一整天。大家有没有想过，一只猫独自在家里，它是什么感受？

下面要介绍的波兰女诗人希姆博尔斯卡，就专门用一首诗写了一只猫的感受。这首诗叫作《无人公寓里的猫》，在波兰特别受欢迎，几乎家喻户晓，大人小孩都喜欢。

那么希姆博尔斯卡写的这只猫和我们家里的猫哪些地方相同，哪些地方又不同呢？相同的是习性，像昏睡、攀爬墙壁、在家具上摩擦身体等等；不同的就是个性了，希姆博尔斯卡的这只猫个性非常强，这种个性在一个特定的环境下得到激发，也得到了充分的表达。

它处于半遭遗弃的状态，主人迟迟不回来，所以它饿得半死，在公寓里边到处找不到吃的，只好在那儿昏睡，等着主人。开始的时候它还觉得很有希望，后来就有点儿绝望了，破罐子破摔，把家里翻得一团糟。甚至主人之前给它下的一道严格的禁令，就是不能动桌子上的文件，它也不管了，把文件扒拉得满地都是。然后这只猫还设想："哪天主人回来了，我肯定不搭理他，我要用这种方式来惩罚他，告诉他，这么对待一只猫是不对的。"

这时候人们会发现，一只猫和一个人没什么两样。但是很显然，这只猫的个性是诗人赋予它的，用的是很常见的拟人手法。那么这只猫就代表了希姆博尔斯卡吗？这样理解也对，实际上希姆博尔斯卡是借助这首诗，表达对去世丈夫的思念之情。她是把自己对世界、对孤独、对人际关系的思考放到了一只猫的头脑里，从猫的角度再讲一遍这个故事，很有趣，很有哲理，也很感人。最重要的是，很有诗意。

她拒绝宏大叙事,为卑微的事物代言

希姆博尔斯卡不光写猫,还写过很多别的动物。比如,她在路上看到了一只死甲虫,就写下一首诗;那种特别小的、可以绕在手指头上的眼镜猴,也被她写到诗里;还有遇到危险以后会把身体从中间断成两截来求生的海参,她也会写进诗里。

希姆博尔斯卡就是这样,她没有什么不可以写。

她还写过我们上数学课时会学到的圆周率,写过安眠药,写过养老院里面一个老太太的唠叨,写过两个朋友相遇却没什么话说,还写过一对金婚夫妇,两个人因为在一起时间长了,互相间没了感觉,就像左手摸右手一样。

希姆博尔斯卡写的都是这些鸡毛蒜皮的小事、微不足道的小东西和容易被忽视的细微情感,但就是这些小事、小物、小感受,里边存在着很多诗的种子,都被她给挖掘了出来。

希姆博尔斯卡的这种写法,对读者是很好的启发。有人可能也爱写诗,却总在想"我"如何如何、"我"的情感怎么表达。"我"很大,却不免空洞,像个拦路虎挡着自己。其实,学习写诗的人完全可以像希姆博尔斯卡那样,从其他具体事物入手,可能效果更棒。

那么,是不是希姆博尔斯卡生活里全是小事,根本就没什么大事?也不能这么说。希姆博尔斯卡出生在1923年的波兰,而她16岁的时候,也就是1939年,德国法西斯就入侵了波兰,那也是第二次世界大战的开始。可以想象,她和她的同胞要熬过整整五六年的战争时期,这肯定算是大事啊!

那么,为什么她不写一写这样的大事?这个和她的诗歌观念有关。就是说,有些诗人为重大的历史时刻、历史事件写那种宏大的诗歌,当然也很棒,那也是一种抱负;但是希姆博尔斯卡就不觉得这种抱负有什么了不起,她觉得从底部、从细部去看生活,写这些很卑微的事物,也是一个很好的角度。说这是她的诗歌观念,是因为她在诗里明确地说过,其中有两句很有代表性。在一首诗里,她说:

对这如雷的召唤我以耳语回应。

还有一首诗,她说:

我为小回答而向大问题道歉。

这个道歉其实是一种修辞方法,她实际上的意思是"我不道歉,对于大问题,我就是要用小回答来对抗"。从这里我们可以看出她的鲜明态度,她为卑微的事物代言,很自信,也很强硬。

她的作品,有一种独立的品格

所以,希姆博尔斯卡的诗有一种独立的品格,她的好多作品都是在挑战、质疑和嘲讽那些人们习以为常的观念和做法,像知识、信念、荣誉等等。她有一首诗,整个都摆出否定的姿态:

湖底其实无底,湖岸其实无岸。
湖水既不觉自己湿,也不觉自己干,
对浪花本身而言,既无单数也无复数。
它们听不见自己飞溅于
无所谓小或大的石头上的声音。

有人会想,这不是在抬杠吗?可是,抬杠抬得漂亮,也能成为好诗啊。而且对读者来说,也是一种大开脑洞的智力享受,是一种启发。就是说,肯定是一种态度,但否定也是一种角度,如果说清楚了一件事情不是什么,那它实际上是什么,估计就差不多了。这也是一种修辞的技巧,我们可以在日常的写作中试着去运用它。

希姆博尔斯卡是一个表里如一、知行合一的人,她的独立品格不光体现在诗里,也体现在生活中的一点一滴。她说自己不属于任何文学流派,也从不参加沙龙、朗诵会、签名活动什么的。她一辈子都在她小时候住的那套两居室公寓里,喝酒、抽烟、写诗。

她73岁的时候获得了诺贝尔文学奖,特别巧的是,那一年的奖金是史上最高的一次。换了一般人,有这么一大笔钱,估计会想着改善一下生活,比如换个房子之类的,但希姆博尔斯卡想都没想过换房子,最后还是在那套两居室里去世的。

希姆博尔斯卡的这种自信是从哪儿来的呢?也许,就是她对世界、对诗歌简单的、天然的、自发的热爱。对她来讲,热爱诗歌就是热爱世界;有一颗赤诚的心和一双孩子一般观察世界的眼睛就够了,就能够把握住事物的核心本质,就能够抗拒孤独,抗拒荒谬。

她的诗,言说了孤独与荒谬

关于抗拒荒谬,希姆博尔斯卡有一首诗叫《种种可能》。她说:

我偏爱写诗的荒谬,
胜过不写诗的荒谬。

就是说,世界本身就是荒谬的,而她宁愿用写诗来对抗这种荒谬、言说这种荒谬。生活在这样一个荒谬的世界中,与它共处也好,抗拒它也好,战胜它也好,对她来讲,诗是至关重要的。

希姆博尔斯卡又有什么抗拒孤独的办法呢?那就是与世间万物的灵魂亲近,与它们进行倾心的交谈,让人的孤独有个安放之处。她有一首诗叫作《植物的静默》,就是这样做的。

她觉得，人类和植物都是造物主创造的东西，但人类跟植物还是有区别。就是说，人与植物之间的关系是单向的。人了解植物的分类、名称、成长的规律，但是植物对人一无所知。这个本来很正常，人是高等生物，植物是低等生物，人理解植物正常，植物不理解人也正常。所以她写：

我对你们所说的一切只是独白，
你们都没有倾听。

那她为什么还要探讨植物要不要理解人的问题呢？很显然，与植物做倾心之谈其实是人的一种内在需求，是人有孤独无法排解，所以才向植物去倾诉。这就是希姆博尔斯卡所揭示的人的虚妄、可笑与可怜。但我们欣赏希姆博尔斯卡，就是要学习她如何克制满怀的激情，让诗拥有一种巨大的张力。

品读时间 | 最后，请读一读希姆博尔斯卡的诗《无人公寓里的猫》，并思考一下：希姆博尔斯卡写死亡的临近时，是如何通过细节营造一种极度安静的气氛的？让我们一起品读。

无人公寓里的猫

作者：维斯瓦娃·希姆博尔斯卡
译者：陈黎、张芬龄

死亡——不可以这样对待一只猫。
因为一只猫又能在一间无人的公寓
做出什么事情？
攀爬墙壁？
在家具上摩擦身体？

这里好像没什么不同，
却又全都变了样。
没有东西被移动过，
却变得较为宽敞。
到了晚上，灯都不亮了。

楼梯上有脚步声，
是从前没听过的。
将鱼放到小碟子上的手
也不一样了。

如同在往日，
一些事情已不再发生。
一些事情该做的，
不再有人去做。
有个人一直，一直在那里，
最后突然消失无踪，
完完全全地不见了。

所有的橱柜都被检视过，
所有的架子都被翻遍，
挖开地毯底下，一无所获。
还打破一道禁令：
文件随处乱扔。
接下来可做的事
只剩下睡觉和等待。

就等他现身了。
就让他露脸吧。
他会因此得到教训，
知道不该如此对待猫吧？
它悄悄地走向他
好似心不甘情不愿，
十分缓慢地
移动显然受到委屈的爪子，
至少没有跳跃或者尖叫。

小 结

诗歌，游走在自由与反叛之间

这一辑又介绍了六位诗人，他们分别是奥地利诗人里尔克、苏联诗人阿赫玛托娃、智利诗人聂鲁达、墨西哥诗人帕斯、希腊诗人埃利蒂斯和波兰诗人希姆博尔斯卡。这是第四辑，主题是"诗歌 游走在自由与反叛之间"。这几位诗人来自不同的国度、不同的时间段，有不同的经历、不同的理念，但是有一个共同点，那就是以饱满的激情作为诗歌的原动力。

有的读者会说，这个是当然的了！没有激情，还写什么诗呢？不过，这话只说对了一半。你想想，激情固然重要，但如果在诗歌里随便地放纵激情，不也是非常危险的吗？这个危险就是滥情，直接的后果就是写出坏诗。所以，大家要从这六位诗歌大师身上学习的，不只是激情，更是怎么样克制激情，怎么样做到引而不发、收放自如，怎么样将激情转化为浓厚的诗意。

那么这六位大师在处理激情的时候，又是怎么克制和转化的呢？现在我们一个一个地回顾。

里尔克的孤独

第一个是奥地利诗人里尔克。他可以说是 20 世纪世界诗歌的无冕之王，影响持续而深远，人们甚至把他当作一个诗人的标准形象来看待。这是个什么形象呢？他以一个孤独的沉思者的形象留在了现代诗的历史中，这是因为他把自己的全部激情都转化成对孤独的无限热爱。他从小就觉得写诗是他的天职，写出最好的诗是他的最高目标。那么怎样实现这个目标呢？他认为，孤独是一个最必要的条件，为此，他可以做出任何自我牺牲。他的一切世俗生活，包括爱情、家庭，都要给他的这种孤独让路。他不停地旅行，也是为了找到这样一种理想的写作环境和状态；如果那种理想的诗没有降临，他宁可在孤独中耐心等待。可以说，他的牺牲是有回报的，理想的诗终于在一座古堡中被他给等到了，那就是《杜伊诺哀歌》和《致俄耳甫斯的十四行诗》两部作品。这两部作品是公认的20世纪诗歌的巅峰之作。

阿赫玛托娃的高贵

阿赫玛托娃是20世纪苏联最具代表性的诗人之一，享有"俄罗斯诗歌的月亮"的称号，相当于"诗歌女神"。那么她的激情是通过什么表现出来的呢？她的激情表现为高贵。虽说她可能是历史上某位蒙古大汗的后裔，但这种高贵可不是靠什么天生的贵族血统，而是她在生活的苦难中像金子一般彰显的。命运曾经对她非常不公，丈夫被枪毙，儿子坐牢，她本人也被禁止发表作品。但是她并不逃避，拒绝移民西方；也并不退缩，而是抛弃小我，敞开怀抱拥抱生活的真实，与整个民族站在一起承受苦难，并且坚信未来。人们在她的诗里要学习的，就是这样一种精神力。

聂鲁达的收放

智利诗人聂鲁达是"拉美三大诗人"中的第二位。他有这么三个身份：一个是拉丁美洲忠诚的儿子，一个是热切歌唱爱情的诗人，一个是立场鲜明的积极入世者，他曾经代表智利共产党参选智利总统。这三个身份在他的诗里是交融共生的，都被激情领着。可以说，他就是激情的代名词。在他跌宕起伏的一生中，爱的激情就像大海的排浪一样，从来没有一刻停歇过。如果说大家要学习诗人如何在处理激情的时候收放自如，那么聂鲁达就是最好的教材了。比方说，他的爱情诗非常有名，但从来都不是那种不加节制、一泻千里的抒情，年轻时的诗是忧伤中掺杂着绝望，到了晚年又变得特别质朴和深沉。

帕斯的自信

"拉美三大诗人"的第三位是墨西哥诗人帕斯。他是一个大知识分子、一个百科全书式的作家，而且有一种"三观"极正的人道主义力量。创造的激情在他身上转化成一种王者的迷之自信，他靠着这种自信在诗里做了其他人未必敢做，甚至未必敢想的事。一个就是解放语言的活力，就像他自己说的，"对语言施加暴力""进行改造、再创作和净化"。再一个就是用这种获得了解放的语言为世间万物命名。他写了许多元素性的东西，像太阳、风、火、春天、面包，并重新定义它们。为万物命名，这本来是造物主的分内之事，但帕斯作为一个诗人就有这个自信和雄心，当仁不让地从造物主手中接过了话语权。

埃利蒂斯的纯粹

希腊诗人埃利蒂斯的自信恐怕一点儿也不比帕斯弱，他的抱负是通过自己的诗歌，为他理想中的新希腊世界创造现代的希腊神话。他的激情表现为对纯粹的追求。他说："请允许我为光明和清澈发言。"光明和清澈恰恰就是他所生活的希腊爱琴海世界两种主要的特征和气质。光明的对应物是太阳,而清澈的对应物就是大海,它们的共同特点就是透明。埃利蒂斯用全部的激情去描写和赞美它们,并通过这种透明,达到了纯粹的深湛境界。他写太阳的诗句写得最好,是把太阳当成生命之水来畅饮,他也因此得到了一个称号,叫"饮日诗人"。

希姆博尔斯卡的克制

波兰女诗人希姆博尔斯卡就没这么豪放了,她为人恬淡,不喜欢张扬,不爱凑热闹,诗里也不爱写那些宏大的主题。但这并不意味着她没有激情,只不过她对激情的克制使得她的诗呈现出另外一种面貌。那么她都写些什么呢?她专门写那些小事情、小东西、小道理,还有细微的情感,就是为卑微的事物代言,与它们低声交谈,通过这种方式体会万物有灵、万物平等、万物互相依存的道理,从而抵御世界的荒诞。这就是诗人的同理心。因为是在写小,所以她会写得非常精确,有时会用嘲讽的语气,甚至有时还挺顽皮的,比如这一句:"我为小回答向大问题道歉。"

第五辑

诗歌 人生的镜像

25 我们如何学会原谅和宽恕?
米沃什的真诚

> 切斯瓦夫·米沃什的伟大在于,
> 他具有直抵问题核心并径直作出回答的天赋,
> 无论这种问题是道德的、政治的、艺术的,
> 还是自身的——他是这样一种人,
> 这种人拥有暧昧难言的特权,
> 能比我们认知和承受更多的现实。
> ——希尼

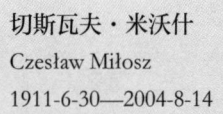

切斯瓦夫·米沃什
Czesław Miłosz
1911-6-30——2004-8-14

美籍波兰诗人、散文家、文学史家,20世纪最伟大的诗人之一,生于立陶宛维尔诺。曾参加左派抵抗组织,从事反法西斯活动。后任波兰驻美国、法国外交官。1951年向法国申请政治避难,1970年加入美国国籍。1980年获诺贝尔文学奖。其主要作品有《三个冬天》《白昼之光》《故土追忆》《彼岸》《面对大河》《第二空间》《被禁锢的头脑》《诗的见证》《米沃什词典》等。在漫长的人生中,他用诗歌记录下无数独一无二的"时光标本",既记录宏大的历史事件,也会收藏精巧细致的情感切片。在他的诗歌中,生死离别的情感是一层表象,其内核往往是对人类"救赎之道"的求索。

他的流亡是内心的流亡

历史上,有很多诗人遭到过放逐,像意大利的但丁、俄国的普希金。中国就更多了,屈原、李白、苏轼都遭到过贬谪。不过,他们的放逐更多是一种被动的放逐,往往是因为惹怒了当权者。但下面要介绍的这位诗人,却是自己主动选择了放逐,也就是自我放逐。

他就是波兰诗人米沃什。他的自我放逐,是持续了一生的内心的流亡。

米沃什虽然是波兰人,但他出生在立陶宛,当时立陶宛还是波兰的领土。"二战"期间,苏联和德国在东欧地区激烈交战,米沃什离开立陶宛,穿过四道封锁线,去波兰首都华沙参加地下抵抗运动。战后,米沃什当了外交官,在波兰驻美国和法国的使馆、领馆工作。1951年,他听从自己内心的道德呼唤,做出了一个重要决定:从波兰驻法国大使馆出走,开始了流亡生涯。这就是他的自我放逐。

米沃什在法国待了10年,但日子并不好过,很艰难。为什么呢?一个是法国的文艺界并不认可他,一个是法国的波兰侨民也不信任他,所以他在法国也有一种身在异乡的强烈感觉。但他了不起的地方在于,哪怕生活再窘迫,他也不会拿自己的流亡者身份和故事去换钱。

后来他去美国的加州大学伯克利分校执教,才算安顿下来。但就是去美国,也是困难重重。他和妻子一直拿不到美国签证。他妻子和签证官"搏斗"了好几年以后,终于爆发了,她说:"你们会后悔的,因为他将来会得诺贝尔奖。"签证官们当时都觉得这个女人肯定是失去理智了。可是,还是知夫莫若妻啊,20年后,米沃什真的获得了诺贝尔文学奖。

为什么说米沃什的流亡是一种内心的流亡呢?

那是因为他永远地失去了故乡。他生长的立陶宛是个波罗的海小国，今天虽然独立，但历史上曾经被德国、俄国、波兰轮番统治。他离开的时候，他的诗歌圈子已经瓦解，作为故乡的文化也已瓦解。所以他经历的是地理上和精神上的双重流亡，他与世界格格不入，使得他的流亡更多是一种内心的流亡。

只有波兰语是他的母语，所以他一辈子冷眼看世界，坚持用波兰语写诗，虽然这样一来，读的人就不会多。

他是历史和时间的见证者

米沃什的诗有什么特点呢？

他首先是 20 世纪历史的见证者，他的全部诗作可以看成一首关于时间的挽歌。他有着丰富的人生经历，见过了时间带来的一切：纷争、屠杀、死亡、边缘化、孤独感、被人误解。这使他感到惶惑、悲伤，甚至无能为力。所以他的作品不可避免地充满了对往事的追忆，也充满了沧桑感。他自己也说："我的头脑中满是对活人和死人的回忆。"

他有一首小诗《偶遇》，写的是他年轻时和同伴驾着马车驶过原野，看见一只野兔穿过马路，同伴中有个人伸手指了一下那只野兔。就是这么一件微不足道的小事，被他写成了关于时间的思索和追问：

已经很久了。今天他们已不在人世，
那只野兔，那个做手势的人。

哦，我的爱人，它们在哪里，它们将去哪里。
那挥动的手，一连串动作，沙石的沙沙声。
我询问，不是由于悲伤，而是感到惶惑。

我们前面介绍阿根廷诗人博尔赫斯的时候提到，如果诗歌只有一个主题，那就是时间。米沃什和博尔赫斯两个人都喜欢写时间主题，但他们之间不同的地方在于，博尔赫斯对时间的体味，有很多是来自阅读；而米沃什的感悟，则来自更广阔的时代和社会生活，有的表现为他个人在时代和历史中的感受。比如这几句：

路过笛卡儿大街
我走向塞纳河，腼腆，一个旅客，
一个刚到世界之都来的年轻的野蛮人。

这是他回忆自己大学毕业后去巴黎留学时的情景。

有的是更重大的历史事件和历史时刻。他在名作《菲奥里广场》里这样写：

我想到了菲奥里广场
在华沙的旋转木马旁
一个晴朗的春天的夜晚
变成了狂欢节的曲调。
欢乐的旋律淹没了
从犹太区围墙齐发的炮弹声。

这首诗记述的是1943年华沙犹太人起义遭到德国占领军镇压的历史事件。他写作的角度非常独特：当德军向犹太区的集中营发射炮弹、屠杀犹太人的时候，其他华沙市民却在一墙之隔外的广场上，在滚滚浓烟中欢笑着骑木马或荡秋千。这个广场并不叫菲奥里广场，菲奥里广场在意大利，那是布鲁诺被烧死的地方。米沃什之所以把菲奥里广场写进来，就是因为布鲁诺慷慨赴死的时候，周围的人也是无动于衷。这时候，菲奥里广场成了一个人性冷漠的象征，让米沃什感到悲哀、愤怒，所以他在结尾这样写：

在一个新的菲奥里广场,
愤怒将点燃一个诗人的词。

他是洞穿人性的思索者

  米沃什诚实地记录下时间带来的一切,没有隐瞒、没有保留,同时也在诗中表达了对人性、历史和真理的深刻思考,就像他说的:"思考时间就是思考人生。"这让他成为现代诗人中一个出类拔萃的思想者。

  关于他对人性的洞察,大家再从另外一首诗里可以体会一下。这首诗叫《歌谣》,写一位母亲去给儿子扫墓时对儿子说的话。他的儿子是华沙起义的死难者。请注意,别把华沙起义和刚才提到的华沙犹太人起义混淆了,这两个事件是没有关系的。华沙起义爆发于1944年,是波兰地下抵抗武装与德国占领军之间的战斗,最后失败了,华沙城几乎被夷平。

  母亲这样对儿子说:

儿子呀!朋友已经把你忘记,
同学们谁都记不起你,
未婚妻生下了孩子,
她在夜里也不会想你,
他们在华沙建起了纪念碑,
可是却没刻上你的名字。

  米沃什再一次在诗里指出了人的健忘,也就是时间的无情。过去的朋友、同学、恋人,都忘记了这个为国家争取自由而牺牲的年轻人。但是不要误解,以为米沃什的思索就是简单的谴责,他思索的实际上是时间和人性的复杂。

还是这首诗,结尾是这样写的:

她看见电车正往城里跑去,
还有两个年轻人在后面追赶,
母亲在想,他们能够赶上,还是赶不上?

虽然儿子的死让母亲难以释怀,但她还关心着别的年轻人,人性又露出了它有光彩的一面。

他是人获得拯救的探求者

可以看出,米沃什的诗涉及另一个重要的主题:人如何在时间中获得救赎?或者用米沃什自己的话来说就是:"人是什么?人应该如何生活?"这是个根本的、终极的问题,对今天的我们一样重要。

米沃什是怎么回答的呢?来看看他的另一首名诗《礼物》。

这世上没有一样东西我想占有。
我知道没有一个人值得我羡慕。
任何我曾遭受的不幸,我都已忘记。

米沃什这时候60岁,写的是他在伯克利自己家花园里干活的场景,但更像是对自己一生的一个总结。他这时候心境平和,没有任何怨恨和不满,用忘记宽恕了他经历的一切磨难和罪恶,一笑泯恩仇。好多人觉得他这首诗写早了,要是在他辞别人世的时候写出来,那就完美了。

实际上他又活了30多年。30年后他怎么想呢?米沃什90岁的时候又写了一首诗,叫《我现在应该》。应该什么呢?

>我现在应该比我从前智慧。
>但我并不知道是否如此。

>记忆创作了一个耻辱与惊奇交织的故事。

他好像没有30年前那般从容和确凿了，又回到犹疑和困惑中。他还悔恨地提到自己并没有很好地完成诗人这项工作，留下了太多遗憾：

>我留下了许多未完成的
>歌颂男人和女人的颂歌。

>他们无比的勇敢、虔敬和自我牺牲
>都随他们逝去了，没有人知道。
>永远也没有人知道。

这和他在《礼物》中的心满意足形成了鲜明的对比。那么，这是一种退步吗？恰恰相反，它揭示了人在时间中获得拯救的可能性，那就是真诚、勇敢，并且做好自己的分内之事。对世上的每个人都是如此。

所以，爱尔兰诗人希尼说，米沃什的诗有一种抚慰人心的力量。美国诗人布罗茨基说他是"我们时代伟大的诗人，也许是最伟大的"。

米沃什的诗特别朴素，根本不靠技巧，因为他所依靠的就是这种真诚和勇敢，就是这种内在的理性和人道的力量。

> **品读时间** | 最后,请读一读米沃什的《礼物》,并且思考一下:什么叫"故我今我同为一个"?让我们一起品读。

礼物

作者:切斯瓦夫·米沃什
译者:西川

如此幸福的一天。
雾一早就散了,我在花园里干活。
蜂鸟停在忍冬花上,
这世上没有一样东西我想占有。
我知道没有一个人值得我羡慕。
任何我曾遭受的不幸,我都已忘记。
想到故我今我同为一个并不使人难为情。
在我身上没有痛苦。
直起腰来,我看见蓝色的大海和帆影。

26 平凡的我就不能讴歌平凡?
拉金的平凡

> 平凡的面孔,
> 平凡的声音,
> 平凡的生活——也就是说,
> 不包括电影明星和独裁者的,
> 我们大多数人过的生活——直到拉金出现,
> 它们在英诗中才获得了非常精确的定义。
> 他发明了一个缪斯:她的名字是庸常。
> ——沃尔科特

菲利普·拉金
Philip Larkin
1922-8-9—1985-12-2

英国诗人,生于考文垂,毕业于牛津大学圣约翰学院。他曾先后在威灵顿市公共图书馆以及雷斯特、贝尔法斯特、赫尔等大学图书馆工作,著有诗集《北方船》《较少受骗者》《降灵节婚礼》《高窗》。他一直将创作精力集中在"英国人的平常"里,可以说他是平凡人生的歌颂者,写尽了平凡者的困境与智慧。

他是写平凡的大师

在这个网红经济时代,有的人会为了短暂的"出名"绞尽脑汁,拼命地刷存在感,扩大自己的影响力。不过,有这样一位诗人,他就对刷存在感极度不感冒,甚至主动逃避。

他就是英国诗人拉金。拉金的一生很平淡,大学毕业后就进了一家公共图书馆工作,此后辗转在各个图书馆,最后当了赫尔大学图书馆馆长。他一辈子独身,没有出国旅行过,诗写得也不多,很少参加文学界的活动,就这样在英国的外省小城过着近乎隐居的生活。就连他快去世的时候官方准备授予他桂冠诗人的称号,也被他拒绝了。

不过,大家可不要误会,以为英国读者不太接受他的诗。实际上可以说,拉金在英国是最受大众欢迎的诗人。如果说20世纪上半叶英国诗坛的领袖是艾略特,那么下半叶的诗坛霸主就是拉金。

拉金的诗为什么受大众欢迎?用诗人沃尔科特的话概括就是,他是一个写平凡的大师。在他的诗里,平凡是值得一写的东西,是可以歌颂的东西,是可以让人感动的东西。他第一次让诗神缪斯有了一个新的名字:庸常。

那他是怎么写平凡的呢?可以大致总结三点。

他写出平凡国家里的平凡生活

首先,他写了平凡国家里的平凡生活。

这个平凡国家就是英国。大家知道,大英帝国曾经特别强大,领土遍及全球,号称"日不落帝国"。可是"二战"以后,英国从原来的全球霸主变成了一个普通的、平凡的国家。它不光领土疆域大大缩小，国民的精神气质也处在衰落的过程中，变得狭窄、琐碎、平庸。

所以，拉金在诗里把英国写成了一个"野草一样模糊的国度"。

他有一首诗写自己坐火车出行，满眼看到的都是这样毫无生气的景象：

经过宽阔的农场，影子粗短的牛群，以及
浮着工业泡沫的运河。

尤其可悲的是，这种场景不会改变，没有新意：

直到下一个小镇，崭新却毫无特色，
以数英亩拆除了装备的废汽车向我们靠近。

他所描写的英国生活，根本就没有战争、政治这种大主题，只是普通人面对生老病死的感慨、恐惧和悲伤。他并不悲叹帝国的衰落，梦想恢复往日的荣光，也不对这种可笑的想法加以嘲弄，只是从生活中挖掘那些温柔、甜蜜的东西，揭示平凡的真理。

比如，他在诗里这样写人们每天过的日子：

日子有什么用？
日子是我们的栖身之所。

就是说，日子并不总是给人带来惊喜，但大家还是要尽量快乐地过每一天，因为生活别无选择。

他在诗里这样写一个没人住的家：

家多么凄凉。仍是被离弃时的模样，
保持着让最后一个离家者感到舒适的姿态
仿佛想将他们赢回来。

结合当下生活的情境设想一下：一个为了生计去北上广打拼的人，回到阔别已久的家，推开门一看，东西还都是原样，是不是会油然而生一种凄楚？拉金就用寥寥数语把这种感觉写了出来。

他写出平凡生活里平凡的人

其次，他写了平凡生活里平凡的人。

拉金的诗写英国的平凡生活，自然要写英国人，为英国人画像。他笔下的英国人和缩小了的英国很相配，都很渺小、虚弱，都要无助地面对生活的无聊、时间的流逝，以及没法回避的死亡。

他有一首诗叫《布里尼先生》。这个布里尼是个什么大人物吗？不是，他是拉金的前一任租客。房东向他介绍说，布里尼先生一个人在这间房里住了一辈子，死后被抬走了。拉金心有所动，便租下了这个笼子一样的房间。他躺在布里尼先生躺过的地方，想象着这个单身汉有什么样的癖好，爱吃肉汁还是酱汁，怎么抽烟，怎么买彩票，怎样孤独地度过平凡的一生，内心充满了感慨和忧伤。

这就是拉金诗歌的主人公，身上几乎毫无光彩，但他平凡琐碎的人生让人心动。他写的人物好多都是这样的，比如有个叫阿诺德的男人赚钱养家，晚饭后刚想看晚报，他老婆却让他在墙上钉一颗钉子，让他烦得要死；他还写过病房里年老的女病人，她微笑的青春早已是60年前的事情，现在只有等待死亡召唤。

拉金的诗看似调子很冷，其实有很多对人的同情。他有一首诗是写在一个年轻女士的相簿上面的，就非常感人。他翻开相册，看到女士的各种形象，里面既有这样的——

扎着辫子，怀抱一只不情愿的小猫；
或身着毛皮衣裳，一个甜美的毕业生。

也有"真实的双下巴"。相册展示的甜蜜"太浓郁",所以他哽咽着感叹时光的流逝,也给那个女士祝福:

这相薄包容着你仿佛天堂,你可爱地
躺在那儿永不变样,
越来越小,越来越清晰,随着岁月的流逝。

他写出平凡的人的平凡感受

最后一点,他写了平凡的人的平凡感受。

有一点要特别强调一下,拉金之所以对生活把握得这么精准,是因为他认为自己就是这平凡的英国人中的一员,他并不比别人高哪怕一点点;对于同胞,他最能感同身受。

正因为拉金把自己作为一个平凡的英国人来写,所以他的诗传达了"二战"以后许多英国人的共同经历和感受。他在诗里这样写:

我整日工作,夜里喝得半醉。
四点钟醒来,我凝望着无声的黑暗。
窗帘的边缘变亮为时尚早。

这种状况其实很多人都有过,在清晨独自醒来,回顾一生,想起有好多的事没做,好多的爱没有施与,好多时间都浪费了,不免有点儿懊悔和沮丧;但他还来不及懊悔和沮丧,因为真正让人恐惧的,是死亡的临近:

不安的死亡,又更近了一天,
使所有的想法变成不可能,除了何时
何地怎样将我丧命。

他还写了对工作的厌恶：

为什么要让工作这只癞蛤蟆
蜷伏在我的生活上？

他写了对婚姻家庭的怀疑：

趁早跳将出去，
可别再养什么孩子。

他写了对人和人之间关系的悲观。他有一首诗，写两个人在床上的谈话。按理说，他们本该说些私密的话，可实际上呢？

然而越来越多的时间默默流走。

谈话的结果是无话可说，用今天的话说就两个字：尬聊。
这些都是最真切的感受。

那么，今天的人们，为什么要读拉金的诗呢？也许是因为他的诗拒绝崇高、拒绝英雄主义，实际上离大众很近，容易引起人们的共情，也会帮助人们更好地认识自己、认识生活、认识这个时代。人类的精神状况也好，生活也好，时代也好，可能都没那么理想、没那么美好，但大家还是要勇敢地把它过下去。

品读时间 | 最后,请读一读拉金的诗《癞蛤蟆》,并且体会一下:拉金写到养老金时用了粗话,这在诗里起到了什么样的作用?让我们一起品读。

癞蛤蟆

作者:菲利普·拉金
译者:舒丹丹

为什么要让工作这只癞蛤蟆
　　蜷伏在我的生活上?
难道不能用智慧做长叉
　　撵走这个丑东西?

一星期六天都被它污玷,
　　用它令人作呕的毒液——
只为了付清几张小账单!
　　那可太不划算。

许多家伙靠小聪明过活:
　　讲师,笨舌头,
无赖,废人,莽汉——
　　不见得变成穷光蛋;

许多家伙生活在陋巷,
　　铁桶里面烧着火,
嚼着罐装沙丁鱼和风吹落的野果——
　　好像也蛮快活。

他们的小子光着脚,
　　　老婆糟得没法说,
皮包骨瘦得像赛狗——但也
　　　没有谁真的挨饿。

啊,但愿我有足够的勇气
　　　大喊一声:"去你妈的养老金!"
但我清楚,再清楚不过,那正是
　　　美梦存在的根底。

因为有些什么也盘踞在我心里,
如同一只癞蛤蟆;
它蹲伏的屁股沉得好像坏运气,
冷得有如雪地,

它从不允许我
　　　用哄骗的手段
一口气猎取
　　　名望、金钱和美女。

我不是说,这一个体现
　　　另一个的精神真理;
我是想说,一旦你同时拥有,
　　　就很难将任何一个舍弃。

27 诗集也能当战备物资?
阿米亥的比喻

> 一旦读了他的诗,
> 就无法忘却——
> 十六行诗句中竟融入如此众多的人生与真理。
> 他是一位大师。
> ——帕斯

耶胡达·阿米亥
Yehuda Amichai
1924-5-3—2000-9-22

　　以色列当代诗人,"帕马奇一代"代表人物。生于德国维尔茨堡,1935年随家迁居巴勒斯坦。曾先后参加"二战"、以色列独立战争、第二次中东战争,以及赎罪日战争。其主要作品有诗集《现在及他日》《此刻在风暴中》《时间》《开·闭·开》等。阿米亥的诗歌里比喻手法巧妙多变,常有时空交错的"电影画面感",会在看似冷淡反讽的诗句中透露温情。

他的三个身份

中东地区旷日持久的巴以冲突,大家总会从新闻中看到。为了争夺小小的巴勒斯坦,以色列和阿拉伯国家之间发生了五次大型冲突,就是五次中东战争。其中,第四次中东战争爆发于1973年。当时以色列这个国家人很少,所以要向大学生发征兵通知,男生都要去参战。这些大学生接到通知以后马上回宿舍,准备上战场需要的三样必备品。哪三样呢?第一样是衣物;第二样是来复枪;第三样你可能就想不到了,是诗人耶胡达·阿米亥的诗集。

这就奇怪了,诗集怎么能够成为上战场打仗的标配呢?是不是国家规定的?其实,这完全是学生们自发的选择。难道说诗集宣扬了某种极端的爱国主义,鼓动大家去战场上奋勇杀敌?也不是。阿米亥是个热爱和平的人,他并没有用诗鼓吹战争。那么,这个阿米亥到底是什么人呢,大家为什么这么喜欢他?

可以把阿米亥简化为三个身份,这样就更容易去认识他。

阿米亥的第一个身份是:侥幸躲过大屠杀的犹太移民。他是出生在德国的犹太人。1935年,他12岁的时候移居巴勒斯坦,因此侥幸躲过了后来纳粹德国针对犹太人的大屠杀,也没有进过集中营。

他的第二个身份是:三次上战场的战士。"二战"期间,他在英国军队里服役,以色列于1948年建国后,他又参加过两次中东战争,所以曾经三上战场。

他的第三个身份是:多次失恋的情人。这个就不用多解释了,他谈过很多次恋爱,总是不能修成正果,但是他对恋爱永远充满激情。

正是这三重身份,使得阿米亥对于民族的苦难、死亡的威胁和人生的悲欢都有着自己独特的深刻体验,而且他把这些体验都写到了自己的诗里。所以,那些大学生之所以带着他的诗集上战场,其实是希望在即将赴死的时候能够得到一点儿精神上的安慰。

那么,阿米亥的诗让大家这么喜欢,到底好在哪里呢?还是总结三点。

他善于让时间变形

第一点,阿米亥善于让时间变形。"让时间变形"实际上是一个非常高级的诗歌技巧。诗人在处理诗歌中最重要的一个主题"时间"的时候,要动用他全部的智力、心血和热情去表现它。怎么让时间变形呢?

在他的诗中,一切时间都是现在时,他能够轻易地进入他生命中的任何时刻。时间无所不在,而且是有弹性的,可以随意变形。比如在一首诗里,他和恋人相爱,脑子里想的却是另外的东西,就是那种从生死线上侥幸苟活下来的愧疚感:

在想在战争中没有杀死我
却杀死了我朋友的子弹——

时间的变形,在这里是历史浓缩为当下的一瞬间。

在另一首诗里,一个男人在十字路口看到一个美女,在她身上感受到的是时间本身:

一个男人在街上等待,见到一个女人
精致美丽得就像她屋里墙上挂的钟

因为他想了很多很多，等信号灯变换的短短几十秒似乎在他的头脑中停止了。时间的变形，在这里先是化身为一个美丽的女性形象，然后又被无限拉长了。

他善于打比方

第二点，阿米亥极善于打比方。比喻可以说是诗歌的灵魂，好的比方一定是"意料之外，情理之中"的，就是说它既新颖又合理，还会帮你开脑洞、提升想象力。阿米亥的厉害之处就在于，这种精妙的比喻在他的诗里会非常密集地出现，几乎每一首诗都会有这么一两处。

大家先听听这句：

凉鞋是完整的鞋的骨骼，

骨骼，及其仅有的真正灵魂。

能够把凉鞋想象成鞋的骨骼和灵魂，至少我是闻所未闻的，简直太形象了。

再听听这个：

我们在一起的时候

像一把有用的剪刀。

这是在形容一对恋人。他们分开时是两把利刃，各自是孤独的、危险的；在一起相爱，却能够让他们组成剪刀，既安全又和谐。用这样的比喻赞颂爱情，相信很多读者也是第一次见。

这是用比喻来描画人和物。阿米亥还善于用比喻来精准地表现某一种情境。比如忘记一个人,却又在不经意间想起他来。如果平直地写这种感受,估计没什么大意思。但经阿米亥一打比方,读者就不会忘了:

忘记某人就像

忘记关掉后院里的灯

而任它整天亮着:

但正是那光

使你记起。

就是这样一种复杂、微妙的感受,让阿米亥三言两语就说透了。

他善于自嘲和反讽

第三点是阿米亥善于自嘲和反讽。犹太民族两千年前被迫离开故土,流散到世界各地,受尽了苦难,他们中的许多人就用幽默和达观来与自己的苦难命运抗争。阿米亥就是这样的人,他嘲笑自己,也拿别人开涮,总是把诗写得欢乐无比。在一首诗里,他毫不客气地这样剖析自己:

我是个大结巴,但自从

我学会了撒谎,我的话就倾泻如水。

在另一首诗《爱之歌》里,他又拿自己坎坷多舛的感情经历开涮,作为老牌的"失恋大师",他是这样描写"当爱情来了"时的感觉:

> 它是这样开始的：猛然间它
> 在里面变得松弛、轻盈和愉快，
> 正如你感到你的鞋带有点松了
> 你就会弯下腰去。

这是多么奇妙的比喻！在阿米亥眼中，爱情来临时并不需要有轰轰烈烈的情感碰撞，它更像是一种让人轻松愉快的本能反应，就像系鞋带一样自然。

那么，当爱情不再热烈时，它又是怎么折磨人的呢？

> 如今我倒像一匹特洛伊木马
> 里面藏满可怕的爱人。
> 每天夜里他们都会杀将出来疯狂不已
> 等到黎明他们又回到
> 我漆黑的腹内。

这是阿米亥对自我情感经历的反讽，也算是反省：特洛伊木马本是伤敌的良计；但到了阿米亥的爱情中，就是每晚无处安放的伤心事在心中反复拉扯。

来自敌方的激赏

阿米亥诗中的这种温情，把那些技巧性的东西，像比喻、反讽和时间的变形，都统摄起来了。这是一种超越痛苦和仇恨的大爱，是爱的宗教，它不仅让那些应征入伍的以色列大学生得到了心灵的慰藉，甚至得到竞争对手的激赏。

这里说的竞争对手，指的是与以色列人拼死争夺生存之地的巴勒斯坦人。巴勒斯坦有位大诗人叫达尔维什，他说阿米亥的"一些诗歌美得令巴勒斯坦诗人汗颜"，然后提出了一个严肃的问题："谁能把土地写得更美，便比另一方更值得拥有这土地……于是我们之间存在一种竞争：谁是这土地语言的拥有者？谁更爱它？谁写得更好？"

就这个严肃的问题，大家可以认真思考一下：诗歌或者艺术，在人们的生活中究竟扮演着什么样的重要角色？

品读时间

最后，请读一读阿米亥的诗《爱之歌》，并且思考一下：是怎样复杂而深刻的爱，能在诗人的心中拼杀整晚？让我们一起品读。

爱之歌

作者：耶胡达·阿米亥
译者：刘国鹏

它是这样开始的：猛然间它
在里面变得松弛、轻盈和愉快，
正如你感到你的鞋带有点松了
你就会弯下腰去。
而后别的日子来了。
如今我倒像一匹特洛伊木马
里面藏满可怕的爱人。
每天夜里他们都会杀将出来疯狂不已
等到黎明他们又回到
我漆黑的腹内。

28 亲人,我能给你写首诗吗?
希尼的亲情

> 一首好诗允许你双脚踏地,
> 同时脑袋伸入空中。
> ——希尼

谢默斯·希尼
Seamus Heaney
1939-4-13——2013-8-30

爱尔兰诗人,出身于北爱尔兰德里郡一个虔信天主教、世代务农的家庭。毕业于贝尔法斯特女王大学英文系,当过一年中学教师,然后在母校任现代文学讲师,也曾在哈佛大学和牛津大学执教。1995年获得诺贝尔文学奖。他不仅是诗人,还是当代重要的文学批评家。他是当代世界诗坛公认的技巧大师,其作品自然纯美,结构巧妙而毫无匠气。这位出生于叶芝去世之年的诗人出色地接过了叶芝的权杖,成为爱尔兰诗歌的又一面旗帜。

他是叶芝的"转世灵童"

有个时髦的说法,叫"生活不只有眼前的苟且,还有诗和远方"。这话出发点挺好,不过里面有个小毛病,就是把诗和生活对立起来了。我的想法是:诗不必远方,诗就是生活。接下来要介绍的这位诗人,他的诗就全部源于他的生活,甚至精确到每一句话都有生活里的出处。

他就是爱尔兰诗人希尼。

爱尔兰出了两个大诗人,一个是前面介绍过的叶芝,一个就是希尼。特别巧合的是,叶芝1939年去世,而希尼正好是在那一年出生的。他就好像是叶芝的"转世灵童",冥冥中接过了爱尔兰诗歌的权杖。希尼也没有辜负叶芝,他在世的时候就被称作"当代最重要的英语诗人"。

不过严格来说,希尼出生在英国。他是北爱尔兰德里郡一个农民家庭的子弟。甚至他走上诗歌道路也不是个必然,因为他们这个家族从来没出过什么读书人、艺术家,根本就没有人文传统。

不过希尼很争气,他凭借自己的努力上了贝尔法斯特女王大学,并且开始写诗,直到成为一位诗歌大师,获得诺贝尔文学奖。他的故事就是诗歌改变人生的一个绝佳案例。

说到诗歌对改变人生的作用,希尼自己还讲过一个很有意思的故事。那时候,希尼在中学当老师,教学生英语。他们学校的校长特别有趣,总到班上来巡视,而且会一本正经地问:"希尼先生,学生们勤奋吗?"希尼说,很勤奋。校长又问:"你有教他们欣赏诗歌吗?"希尼说,有。校长又问:"他们有提高吗?"希尼说,有提高。最后,校长先生会问:"希尼先生,你在报纸上看到橄榄球队的照片,一眼就能认出谁学习过诗歌,是吗?"希尼总会回答:"是的。"校长先生就得意地点点头,鼓励学生们好好学习,然后才心满意足地昂着头走开。

难道希尼真的有这种特异功能吗?当然没有。他只是在配合校长,和他一唱一和。他之所以情愿这么做,是因为这是一种对诗歌、对艺术的肯定。用希尼的话说就是:"艺术全是编造的,却可以使我们了解我们是谁,或者我们可能是谁的真相。"

他的诗揭示日常生活的奇迹

那么,在希尼看来,成了诗人的他又是谁呢?他了不起的地方在于,他始终自认为是那个北爱尔兰的农家子弟,是生活哺育了他。他的诗歌,就是通过回忆,也就是向生活的反复挖掘,写他成长的那块土地,写那块土地上的农业生活,从而揭示日常生活的奇迹。

什么样的奇迹呢?大家先来听几句诗:

在我的食指与拇指之间
夹着粗短的笔;舒适如一支枪。

我窗下,传来清脆的锉磨声
当铁铲切入含砂砾的地面:
父亲在挖掘。

这是希尼最早的一首成熟作品,也是他的成名作,题目就叫《挖掘》。他作为一个学生正在奋力书写,听见了父亲挖地的声音,由此想起祖父挖泥炭、父亲挖土豆都是好手,决心自己也要用手中的笔做好自己的工作。所以他说:

在我的食指与拇指之间
夹着这支粗短的笔。
我将用它挖掘。

他用挖掘的类比将生活和艺术联系在一起，而且让这种挖掘提升为一种技艺、一种奇迹，完成了精神上的传承。

　　希尼就是通过这种挖掘，将许多行将消失的农业生产生活方式定格在艺术和历史中。他写过挖泥炭、采黑莓、编草绳、贩牛、打铁、种土豆、打井、烤面包、修房子……连起来看，就是一幅农业生活的风俗长卷。

　　他还有一首诗叫《占卜者》，写他们家乡的一种"神人"，就是卜水者。他们把树枝当成占棍，到地面上去探测哪里有水；如果占棍动了，就可以确定打水井的位置。这种技术带有古老的巫术的味道，可不是随便就能学得来的。他写道：

　　　旁观者会要求让他们试一试。
　　　他二话没说把占棍交给他们。
　　　它在他们手中毫无动静，直到他冷淡地
　　　握住他们期待的手腕。榛树又颤动起来。

　　普通人用占棍找水是找不到的，但卜水者用手一扶，就又灵了。这就是日常生活的奇迹！请注意，希尼在里面写卜水者的"冷淡"极为传神，那是一种专业工作者的职业自尊。他写卜水者找水还有一层含义，就是卜水者能发现隐秘的东西，又能把它表现出来。这一点像极了诗人。

他的诗是对生活的反复挖掘

　　为什么说希尼是在对生活进行反复挖掘呢？因为生活对于他来说是真正的宝藏，哪怕是同样的题材，每一次写，都会写出新意来。

　　希尼有个小弟弟，四岁时出车祸夭折了。他在一首诗里写过这件事：

　　　四英尺的匣子，一年一英尺。

这里的匣子指的是弟弟的小棺材，只有四英尺长，像个婴儿床；除以弟弟的年龄四岁，就是"一年一英尺"，这种写法让我们清晰地感受到了他有多么痛心。

但是几十年后，他又写到了弟弟之死。他开车回家，看到旧宅的一只乌鸫，不禁回忆起已经故去的父亲、弟弟：

> 我想起有一个已经去找他了，
> 那个沉静的小舞蹈家——
> 萦绕心头的儿子，丧失了的小弟弟——
> 在院子里欢喜雀跃，

这时候，强烈的哀痛已经转化为另外一种强烈的生命体验，就是丧失带来的怅惘。这种怅惘既是怀念父亲、弟弟，也是感叹亲人们团聚的家已经随着时间改变了。他这种对丧失的思考和超脱，都寄托在那只乌鸫上面，所以他才会深情地说：

> 正是你，乌鸫，我爱你。

还记得他在《挖掘》里面写的那支"粗短的笔"吧？他后来有一首诗，专门写家长带他去买这支钢笔的情景。那时他马上要去寄宿学校上学了，家里送给他这支笔，算是一个礼物，也希望他好好学习。他写道：

> 给我们时间
> 一起观看，不去想
> 我们当天晚上的别离，
>
> 而想着第二天
> 我以草体写给他们的
> "亲爱的"。

和《挖掘》里钢笔的作用不同,这时候,钢笔变成了亲情的纽带。这就是诗意,就是对生活的反复挖掘。

他的诗寄托着对亲人的无限眷恋

希尼对故乡生活的挖掘,其实离不开那片土地上的人,特别是他的亲人。在一生的写作中,他从未停止过对父母、妻子、亲戚、朋友、邻居的深情眷恋,可以说,他一直在与亲人同行。

2006年,希尼在去朋友家赴宴时突然中风,半身不遂,被紧急送往医院救治。这一变故使得希尼对自己的一生进行回顾和思索,带有一种直面死亡的坦诚与伤感。

他有一组诗叫《奇游之歌》,直接写那次中风事件。第一首写妻子在救护车里攥着他失去知觉的手,一路陪护着他去医院救治。他写道:

护士去前排做乘客,你坐在
她腾出的侧边位置,我平躺着——
我们的姿势一路保持不变,

一切已说出,尽在不言中,
我们的眼神电光般相接,没有任何
狂喜可以比拟……

从表面上看,这几句诗无非是在描述事实,描述准确的细节,但是从诗艺的角度看,他至少写出了两种画外音:一个是通过妻子和他的位置关系,让妻子俯视着他,成为一个向他施与爱的守护天使,以此来表达自己的感激;另一个是因为他已经说不出话,两人只能用眼神交流,所以把这个场面处理成一种情感的极端体验,以此来赞颂爱情。

组诗的第三首写他在康复期间想到了自己的父亲。不同于夫妻之爱,他写父爱,就含蓄、深沉多了:

他那直视前方、脊背挺直的姿势就像我自己
在走廊里做理疗,坚撑着
仿佛又一次在两个手柄间

步子协调,另一人的手把着我的手,
犁头的每一次滑动,它碰到的每一个石块
都如同脉动,能从木头把手上感到。

有点儿奇怪是吧,他好像没提他的父亲,但那"另一人"就是他的父亲。希尼扶着理疗器械练习走路时联想到,这特别像他父亲当初手把手教他犁地的情景。他父亲是一个倔强、木讷的爱尔兰农民,和儿子的交流也很有限。所以,他写父爱就不是那样直接,而是写从犁把手传来的"脉动",以此告诉读者,父爱和土地对人类的意义是一样的:这种爱是帮扶、传承和劳作,是人与土地间割舍不断的隐秘联系。

他的诗是精湛诗艺的教科书

希尼写的这种土地和人的隐秘联系,其实也是在揭示生活和诗歌艺术的隐秘联系,就是诗歌是如何从生活的土地上长出来的。就像希尼自己说的:"一首好诗允许你双脚踏地,同时脑袋伸入空中。"

如果读者愿意自己动笔写诗,那么希尼的诗就是精湛的诗歌技艺的教材和诗歌写作的范本。

首先,希尼告诉大家,生活是最好的诗,是一辈子也写不完的。不要老想着写那些大题材,就老老实实地写自己身边的东西,起点就不算低了,因为这会是一条正路。

其次，一定要朴素，要懂得节制，不要使用激昂的调子。在《奇游之歌》第二首的结尾，希尼写道：

我们迷醉的对视被一根
吊起来的输液管分成两半。

他躺在救护车里，情感世界波澜起伏，有一肚子话要说，但他没有放纵这种情感，而是只写了一个小细节，就是他在输液，输液管恰巧隔在他和妻子中间。他的调门一点儿都不高，可是你会受到触动，因为在这种冷静里包含了很复杂的情感。一层是他对妻子的爱和感激；一层是隔在他们中间的输液管所象征的分离，让他产生的恐惧和感伤。但最后，爱又可能化解这种分离，让他觉得幸福和满足。看看，一句诗里承载了多少东西啊！

再次，一定要注意锤炼语言，让它既复杂又精准。希尼是他那个时代最博学的诗人之一，所以他特别善于把简单的生活细节和神话、历史、经典联系起来，非常复杂和讲究。这种复杂不是语言的成分复杂，而是对语言的处理要复杂。换句话说，就是要学会如何取舍、如何剪裁。

最后也最重要的是，一定要真诚。这是诗歌，也是诗人的可贵品质，所以希尼在诗里写生活给自己的馈赠，也从不回避自己的困惑、软弱、无助。这就是真诚，也是勇敢。

大家知道希尼生前留下的最后一句话是什么吗？是他发给妻子的短信，上面只有两个拉丁文单词，意思是"不要害怕"。

> **品读时间** 请读一读希尼的诗《奇游之歌》,并且思考一下:这三首诗放在一起,是不是连贯的?它们在主题上有什么一致性?让我们一起品读。

奇游之歌

作者:谢默斯·希尼
译者:雷格

一

捆紧,推出,叉车叉起,锁扣
就位,就可以开车了,
颠簸着疾驰,把骨头晃散架,

护士去前排做乘客,你坐在
她腾出的侧边位置,我平躺着——
我们的姿势一路保持不变,

一切已说出,尽在不言中,
我们的眼神电光般相接,没有任何
狂喜可以比拟,直到这一刻,在周日早晨

一辆救护车阳光照耀的冰冷中,
哦,我的爱人,我们本可以引证邓恩
关于延宕之爱的诗句,身体和灵魂分开。

二

分开:此词恰如钟声,
教堂执事马拉奇·博伊尔
彼时在贝拉奇曾经摇响,

我在德里做学院的轮值敲钟人时
也曾鸣响,拉拽钟绳的感觉仍在
我曾经自如的温热的手

掌根处,你一路上拉起这手
用你的手焐热它,我却感觉不到,
它笨重地垂着,像一根钟绳,
而我们全速驰过邓格洛、
格伦多安,我们迷醉的对视被一根
吊起来的输液管分成两半。

三
德尔斐的驭者还在坚撑,
他的六匹马和战车已不见,
左手被砍下,

只剩手腕凸出,像开口的喷管,
青铜缰绳在他右手抖动,他直视的眼神
空荡如战队本应在的地方,

他那直视前方、脊背挺直的姿势就像我自己
在走廊里做理疗,坚撑着
仿佛又一次在两个手柄间

步子协调,另一人的手把着我的手,
犁头的每一次滑动,它碰到的每一个石块
都如同脉动,能从木头把手上感到。

29 社会寄生虫也是一种罪？
布罗茨基的胸怀

> 就人类学的意义而言，我再重复一遍，人首先是一种美学的生物，其次才是伦理的生物。因此，艺术，其中包括文学，并非人类发展的附属品，恰恰相反，人类才是艺术的附属品。如果说有什么东西使我们有别于动物王国的其他代表，那便是语言，也就是文学，其中包括诗歌。诗歌作为语言的最高形式，说句唐突点的话，它就是我们整个物种的目标。
> ——布罗茨基《奇特表情的月亮》

约瑟夫·布罗茨基
Joseph Brodsky
1940-5-24——1996-1-28

俄裔美国诗人、散文家，生于苏联列宁格勒，1972年被剥夺苏联国籍，驱逐出境。后移居美国，曾任密歇根大学驻校诗人，并在其他大学任教。1987年获得诺贝尔文学奖。其主要著作有诗集《诗选》《言语的一部分》《二十世纪史》《致乌拉尼亚》，散文集《小于一》等。他的诗歌深邃而富有智慧，对现实苦难有深刻的剖析和反思。

"寄生虫布罗茨基审判会"

如果说有一种罪名叫"社会寄生虫罪",大家会觉得这是个笑话。"寄生虫罪"?那可从来没听说过。不过接下来要介绍的这位诗人,就曾经因为这么一个荒诞的罪名被判处流放。他就是俄裔美国诗人布罗茨基。

布罗茨基是怎样的一个人呢?他从小就性格激进,爱干出格的事。比如说,他15岁的时候突然决定辍学。他当时读八年级,有一天上课,老师在讲台上讲宪法,全程都是空洞的说教,他觉得太虚伪了,就站起来收拾书包,离开了课堂,从此再也没有回来。

布罗茨基离开学校后,去干什么了呢?他进入了社会的大课堂,干过十几种工作,当过工人,烧过锅炉,在医院太平间缝合过尸体,参加过地质勘探队,还进过监狱和精神病院,可以说是饱尝生活的艰辛。

后来,布罗茨基开始专门写诗。不过,就因为他写诗,当局逮捕了他,还召开了"寄生虫布罗茨基审判会"来公审他。当时的审讯记录还留着,特别有意思。

法官问:您的职业是什么?

布罗茨基答:诗人。诗歌译者。

法官问:是谁承认您是诗人的?是谁把您列入诗人行列的?

布罗茨基答:没有人。那么是谁把我列入人类的呢?

法官问:那您学过这个吗?学过怎样成为诗人吗?您没有上过大学……

布罗茨基答:我不认为诗人是教育出来的。

法官问:您做过什么对祖国有益的事情吗?

布罗茨基:我写诗。这就是我的工作。我相信……我确信,我写下的东西将服务于人民,不仅是此时,还将服务于后代。

这就是著名的"布罗茨基审判",从中能看出布罗茨基作为一个诗人的骄傲和自信。最后,他被判处五年苦役,到遥远的北方边疆服刑。这是他 24 岁时候的事。后来，在他 32 岁时，当局干脆把他驱逐出境。

他早早显露的才华

布罗茨基似乎倒霉透顶了，不过万幸的是，他的诗歌才华很早就得到了承认，这也使得他日后的诗人生涯比较顺利。

比如说，他的老师阿赫玛托娃就特别欣赏他。阿赫玛托娃联合肖斯塔科维奇、帕乌斯托夫斯基等人士呼吁释放他，于是他只服刑 18 个月，就被减刑释放了。

再比如，大诗人奥登也不遗余力地帮助他。他被驱逐出境时，当局原本要把他送到以色列去，因为他是犹太人，可他坚持要求去奥地利的维也纳。一到维也纳，奥登就像父亲迎接儿子一样，把他接到了家里，还带他参加国际诗歌节，安排他去美国，让他一下子就进入了国际诗坛的核心圈子。

那布罗茨基的才华是怎样在诗里表现的呢？我举一个例子。

他 21 岁时写过一首诗《黑马》，写他和朋友们晚上在篝火旁见到的一匹神秘的黑马：

它浑身漆黑，感觉不到身影。
如此漆黑，黑到了顶点。
如此漆黑，仿佛处于针的内部。

这几句是描述这匹马有多黑。一个是黑得没有影子，让人想象那是得有多黑。一个是黑得仿佛处于针的内部，这就得费一番思量了。针是很细的，针的内部不光是黑暗，因为没有什么空间，还特别拥挤、逼仄，而且密度特别大，这种黑是让人窒息的。布罗茨基单是描写黑，就能够找到这么奇特的表现方式。

这首诗的最后一句是：

它在我们中间寻找骑手。

这一句就更加才华横溢了，一下子就准确地写出了黑马这个意象的象征意味，让它从一匹普通的黑马变成了一匹形而上之马。那么黑马象征什么呢？有人认为黑马象征死亡；也有人认为黑马就是诗歌本身，它和作为骑手的诗人相互寻找。

他的胸怀和境界

布罗茨基不光有才华，他还是一个诗歌的行家里手。本书前面介绍过的奥登、阿赫玛托娃、弗罗斯特、卡瓦菲斯等诗人，布罗茨基都为他们写过评论文章，他的见解特别深刻、独到，把那些特别隐秘的东西都挖掘出来了。这就好像围棋大师，不仅实战厉害，往往还是理论高手，对每一手棋的棋理都了如指掌。

那布罗茨基的实战水平如何呢？打个比方，如果说诗歌是一个竞技项目，那他就是一个最强大的对手，是一个典范诗人。换句话说，诗就应该像他那样写。

比如说，他过去那些丰富、苦难的经历都在他的诗里体现出来，他是通过个人的人生经验，写出了对历史的洞察和思索。

来读一读这几句：

由于缺乏野兽，我闯入铁笼里充数，
把刑期和番号刻在铺位和橡木上，
生活在海边，在绿洲中玩纸牌，
跟那些魔鬼才知道是谁的人一起吃块菌。

这是他的诗《一九八〇年五月二十四日》中的头几句。这一天是什么日子呢？是布罗茨基的40岁生日。他在这首不太长的诗里回顾了自己的一生,包括他怎样服苦役、怎样受苦、怎样劳作、怎样被迫流亡,用的是象征性很强的语言,既形象又凝练,虚实结合得非常严密。比如,"我闯入铁笼里充数"是象征,写他被迫去服苦役;"把刑期和番号刻在铺位和橡木上"是实写,用的是描写细节。这样一来,诗句就特别有弹性、特别耐读。

不过,这首诗真正的闪光处是它的结尾:

但是除非我的喉咙塞满棕色黏土,
否则它涌出的只会是感激。

历尽人生的磨难,见识了历史的荒诞,布罗茨基却没有带着一腔戾气、一味抱怨和控诉,他唯一心心念念的,居然是对生活、对岁月的感激。这真是了不起的境界和胸怀。他把个人的悲欢放在时代的大背景下,站在历史的高度去看、去体会、去思索。这样看来,布罗茨基的"恃才傲物",不如说是发自内心的诚恳。

他通过个人经验书写历史

布罗茨基诗歌中的历史,往往是通过个人经验来书写的,有时是回忆或者怀念,有时是把诗献给某个亲人朋友,既有具体所指,又有言外之意。比如这一句:

对你的思念正在后退,如听了吩咐的侍女。

这是布罗茨基写给母亲的。他是家里的独生子,被驱逐出境后,直到父母相继去世,也没能同他们再见面,所以内心充满了痛苦。那他是通过哪些细节怀念母亲的呢?再听听这几句:

"我们的家族,"你曾说过,
"没给这世界贡献将军,或——想想我们的运气——

伟大的哲学家。"不过，还好：涅瓦河面
已溢满平庸，承受不起再多一个倒影。
从那每天被儿子的进步拓宽的角度看
一个徒有那些炖锅的母亲还能剩下什么？

他先是引用母亲的话，说家里没出什么大人物。涅瓦河面的倒影，指的是那些大人物雕像的倒影。这听上去就好像是拉家常式的"自黑"；但他又话锋一转，通过"每天被儿子的进步拓宽的角度"这么一句，写出了一个母亲对孩子的期望，里面带着由衷的骄傲。这就是"先抑后扬"。

写诗关键的一点在于如何取舍，就是说哪里要写出、哪里要留白。他怀念母亲，要说的话一定很多，但是为什么要选取这个细节表现？因为他们之间最核心的东西、最能联结他们感情的纽带，就是那种"望子成龙"的父母心。人们读到这样的诗句时，也会心有所动，恰恰是因为他的个体经验契合了读者的个体感受，才能引发深刻的共鸣。

他诗歌中历史与现实的交织

除了写历史，布罗茨基还很善于处理现实生活的题材，哪怕是生活中的一件小事，也可以通过诗歌的手法写出趣味、写出深意。

他有一首诗叫《蓝调》，写的是他在纽约的房东因为房租的缘故逼他搬家的事。他写道：

我在曼哈顿住了十八年。
房东原来挺好，后来变得恶劣。
其实，是个人渣。天哪，我恨他。
钱是绿的，可它流起来像血。

乍一听，好像布罗茨基对这个房东意见挺大，都骂他"人渣"了。其实，他这是一种虚张声势，他未必真骂这个小气鬼房东，他真正要骂的是金钱至上的社会风气，是人情凉薄，是金钱本身的冷酷。

"钱是绿的，可它流起来像血"这一句很巧妙，因为美元是绿色的，却有嗜血的本性。他在后面几节里还用美元是绿色的做文章，写出了面对衰老、丧失的无奈。比如"钱是绿的，可它让你郁郁寡欢"，说的是一分钱憋倒英雄汉，让人郁闷。这里处理得非常巧妙的是，"郁闷"和"蓝"在英语中是同一个词——blue，所以这是双关语。再比如"钱是绿的，而我已白头"，钱是绿的，而他在老去，头发在由黑变白。都是拿颜色说事儿，情绪很无奈，写出来却很诙谐、很幽默。

布罗茨基诗歌中的现实还往往和历史交织在一起，所以不单薄，而且有厚度、有深度。比如这几句：

我梦见了你，怀着孩子。而离开你后，
有多少岁月已经逝去，
我经历着一个罪人的痛苦，我的双手
兴奋地抚摸着你的腹部，
却发觉，它们是在摸索自己的裤子
和电灯开关。

这是他写给他留在俄罗斯的女友的，他们曾经有过一个孩子，但他离开俄罗斯时只能是一个人。所以，"罪人的痛苦"是悔恨，是遗憾，也是他逃避不掉的命运。这里的关键是，回忆历史的梦和现实发生了碰撞：温馨的梦总要醒来，面对冰冷的现实。诗往往就是在这种错位和碰撞中产生的。

布罗茨基的诗告诉人们，历史和现实永远交织在一起，构成了生活的真实，是诗歌永不枯竭的源泉。它告诉读者，无论是写诗还是读诗，那种让心灵颤抖的感动，只有深入生活、生命的细部才能发现。

品读时间 最后,请读一读布罗茨基的诗《一九八〇年五月二十四日》,并且思考一下:"我让狱卒的第三只眼探入我潮湿又难闻的/梦中"是什么意思?让我们一起品读。

一九八〇年五月二十四日

作者:约瑟夫·布罗茨基
译者:黄灿然

由于缺乏野兽,我闯入铁笼里充数,
把刑期和番号刻在铺位和橡木上,
生活在海边,在绿洲中玩纸牌,
跟那些魔鬼才知道是谁的人一起吃块菌。
从冰川的高处我观看半个世界,尘世的
宽度。两次溺水,三次让利刀刮我的本性。
放弃生我养我的国家。
那些忘记我的人足以建成一个城市。
我曾在骑马的匈奴人叫嚷的干草原上跋涉,
去哪里都穿着现在又流行起来的衣服,
种植黑麦,给猪栏和马厩顶涂焦油,
除了泔水什么没喝过。
我让狱卒的第三只眼探入我潮湿又难闻的
梦中。猛嚼流亡的面包:它走味又多瘤。
使我的肺充满除了嚎叫以外的声音;
调校至低语。现在我四十岁。
关于生活我该说些什么?它漫长又憎恶透明。
破碎的鸡蛋使我悲伤;然而蛋卷又使我作呕。
但是除非我的喉咙塞满棕色黏土,
否则它涌出的只会是感激。

30 两边都不带我玩,是我的错?
沃尔科特的困惑

> 德里克·沃尔科特是今日英语文学中最好的诗人。
> ——布罗茨基

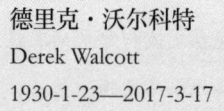

德里克·沃尔科特
Derek Walcott
1930-1-23——2017-3-17

圣卢西亚诗人、剧作家、画家。出生于卡斯特里,就读于圣卢西亚的圣玛丽学院和牙买加的西印度大学。做过中学教师,后任教于美国的波士顿大学、哥伦比亚大学、耶鲁大学、罗格斯大学和英国的埃塞克斯大学。其主要作品有诗集《在一个绿色的夜晚》《海难余生者及其他》《星苹果王国》《阿肯色证言》《西印度群岛》《白鹭》和史诗《奥麦罗斯》。曾获得1992年诺贝尔文学奖和2011年艾略特诗歌奖。由于历史原因,沃尔科特一生都处在身份认同的纠结之中,这份纠结也直接体现在他的诗歌作品当中。另外,加勒比地区的风光、对生命与死亡的思考,在他极具画面感的诗句中分外夺目。

他的艺术之家

大家听说过圣卢西亚吗？圣卢西亚是加勒比海西印度群岛的一个小岛国，曾经是英国、法国争夺的殖民地，1979 年才获得独立。它只有 616 平方千米，面积还没有成都市区大，人口才 18 万多。可就这么一个弹丸小国，竟然向世界贡献了两位诺贝尔奖得主，一个是经济学奖，一个是文学奖。其中获得 1992 年诺贝尔文学奖的，就是接下来要介绍的诗人沃尔科特。

本书由 30 位大师组成的世界诗歌地图，放上沃尔科特这最后一块，就算拼成了。

沃尔科特，1930 年出生，是个混血儿。父亲是英国人，母亲是非洲黑奴的后代，他身上还有荷兰血统。他爸爸是个有才华的画家，在他刚生下不久就去世了。当小学老师的妈妈同时干着裁缝的活儿，一个人把三个孩子拉扯大，非常不容易。他妈妈还是个业余剧作家，最喜欢在家里朗诵诗歌。

所以，沃尔科特写诗也算顺理成章。他 14 岁开始发表诗歌，18 岁的时候想出版自己的第一本诗集。印诗集需要钱，虽然不多，就两百美元，可是家里实在不富裕。还是他妈妈一咬牙，给他掏了这两百美元。沃尔科特也争气，诗集印好以后，他跑遍全岛，卖给要好的朋友们，最后终于回了本，把钱还给了妈妈。

必须给沃尔科特的妈妈点赞，真是有格局、有见识！她把孩子们都培养得很好，不光沃尔科特名满天下，他的双胞胎兄弟后来也成了一位剧作家。

他的身份认同

沃尔科特领取诺贝尔奖的时候，瑞典学院说他"忠于三样东西——他所生活的加勒比海、英语和他的非洲祖先"。这个评价特别准确，正好点出了他诗歌创作和艺术成就的几个主要来源。这里一个一个地说。

首先是他的非洲血统。在加勒比地区，黑白混血儿是挺尴尬的一群人，他们的身份特别模糊，白人、黑人都瞧不起他们，不愿接纳他们。沃尔科特作为黑白混血儿中的一员，就必须回答一个根本问题：我到底是谁？

他多次写到了这种身份认同上的困惑和纠结。他有一首长诗叫《"飞翔号"纵帆船》，就写了这样一个黑白混血水手，他念念不忘的是海风、诗歌，还有一个他钟情的女人。他没有名字，人们就用外号称呼他，叫"萨宾"，这是个混血儿专用的蔑称。他说自己：

我只是一个热爱大海的红黑鬼，
我受过健全的殖民地教育，
我身体里有荷兰人、黑人和英国人，
要么我什么都不是，要么我就是一个民族。

我们能明白地听出其中的悲哀和无奈。最后一句话点出了他们作为一个群体，希望获得身份自觉的强烈愿望。还有这一段：

在白人之后，黑人也不想要我了
一旦权力朝他们那一边摇摆。
第一次用铁链锁住我的双手并道歉："历史"。
第二次说对于他们的自尊而言，我还不够黑。

里面所说的"历史"，大意是：白人殖民者带来的伤害是历史造成的，没办法，他就受着吧。可他先天的不足就是既不够黑，也不够纯粹。

他还有一首名诗叫《远离非洲》，是这么写的：

我被双方的血液毒害，
分裂直到每一根血管；我该面朝何方？

我曾诅咒过

英据时代醉醺醺的官员，我该在

这个非洲和我爱恋的英语之间挑选谁？

这首诗写的是在肯尼亚爆发的反抗英国殖民统治的"茅茅"起义，起义中滥用暴力的情况也很普遍。沃尔科特内心的矛盾和困惑在这里就更强烈了，那是一种发生在种族、文化和政治层面的精神分裂。问题是：既然矛盾是不可调和的，沃尔科特准备怎么选择呢？

他诗歌中的加勒比风情

他的选择是：既保持自己血缘的根，又积极拥抱多元文化。这就要说到他的第二个关键词：加勒比海。沃尔科特在诗歌中充分展示了加勒比风情，包括它的美、它的苦难，还有它的活力。

他的代表作是长诗《奥麦罗斯》，有8000多行。奥麦罗斯就是古希腊诗人荷马的希腊语名字。从沃尔科特用荷马做诗名就能看出来他要写一部当代的加勒比史诗。他对《荷马史诗》进行了全面的仿写和改造，借用了史诗的框架，里面人物的名字也是借用的。比如，史诗里的英雄阿喀琉斯和赫克托耳成了两位加勒比海的渔民，他们一个讲英语，一个讲法语；美女海伦成了渔民阿喀琉斯的妻子，两个人都在争夺她。要知道，圣卢西亚被称为"西印度群岛的海伦"，这就暗示了她被英国、法国殖民者争夺的历史，具有非常强的象征性。他通过这些加勒比海形形色色的小人物，将加勒比风情、希腊史诗、欧洲殖民史、西方文学史和个人历史熔为一炉，因而被称为"当代荷马"。

他在短诗里写的加勒比风情就更多了。比如这一句：

每座剥蚀的棚屋都倚在一具木拐上。
好像瘸腿之人满足于失败。

这是一个非常精彩的类比，写的是加勒比岛民生活的贫困。

他还有一首诗叫《世界之光》，写他回家乡坐小巴的经历。他在里面写了圣卢西亚日常生活的面貌，像杂乱的市场、喧嚣的酒馆、喝醉的女人等等。但这些都被车上一个美女的光彩掩盖了，他写道：

> 我想象一股浓烈而香甜的味道
> 从她身上散发出来，仿佛散发自一只安静的黑豹，
> 而那个头就是一个盾徽。

这个偶然见到的美女为什么让沃尔科特心潮澎湃？这里要特别注意一下"盾徽"这个词。盾徽是圣卢西亚国徽上的一个图案，他这么用，就是把这个美人与国家联系起来了。他接着写：

> 这时她就像一座雕像，像德拉克洛瓦一幅黑色的
> 《自由领导人民》，她眼睛里
> 微鼓的眼白，雕刻似的乌木嘴巴，
> 身体结实的重要部位，一个女人的重要部位，
> 但就连这个也在黄昏里逐渐消失，
> 除了她轮廓的线条，和那凸显的脸颊，
> 而我暗想，美人啊，你是世界之光！

他感到"一种会使我流泪的强烈的爱"，但这爱不仅是给那个美女的，还是一种对故乡、民族的复杂感情，是一首深沉的颂歌。他极其善于发现生命、生活中美好的瞬间，并凭着敏锐的感觉和语言才能，把平常的事物神圣化。

他诗歌中的画面感

第三个，说说英语对于沃尔科特的重要性。沃尔科特对英语的热爱，在《远离非洲》这首诗中已经表露得非常清楚了。由于这种

热爱，他在使用英语的时候形成了一种华丽、繁复的风格，诗里从句套着从句、意象连着意象，技艺十分高超。诗人布罗茨基认为他是"今日英语文学中最好的诗人"。听一听这几句：

一场季节的革命磨快它们的感觉，
它们的目标是我们热带的光，而我
在这日出时醒来，看见一场
从心意中迁徙而出的形象的暴动。

乍一听可能不知道他说的是什么，可如果我告诉你这是描述一大群候鸟飞向天空，准备飞往热带，你就会赞叹，写得好精准、好细腻。鸟群占据了早晨的天空，可不就像是"形象的暴动"吗？这首诗，画面感超强。

这画面感是怎么来的呢？一方面，当然是沃尔科特的语言的魔力；另一方面，还因为他是个画家。还记得吧，他父亲就是个画家，很早就去世了，不过沃尔科特应该是继承了父亲的天赋。沃尔科特的诗有时候完全是绘画的感觉，色彩、形象、层次都特别鲜明。再听听这几句：

一轮明月即将升起，随后
充溢的悲伤将会击打我，我的心将会摇荡
如一匹马的头或一片震颤的竹林。

这首诗是写朋友之死带给他的悲伤和思索。明明是写心境，可是在他笔下，又是一幅绝美的画。

他的诗是对生命的感叹

沃尔科特诗歌的这三个特征——对自我身份的探寻、对加勒比风情的描绘、对语言之美的追求，其实最后都汇集到一起，化作对

生活和生命的感叹。还是在这首写朋友之死的诗里,沃尔科特这样写死亡:

……尽管
爱潜藏在它下面,死
愈令人惊奇,爱愈深沉,生活愈艰辛。

这是只有历尽沧桑的人才能写出的诗句,里面融进了多少感慨、忧伤和体悟啊。这首诗出自沃尔科特80岁时出版的诗集《白鹭》。他回顾一生,怀想点滴的美好,向他伤害过的人忏悔,珍惜那些还在的朋友。

听听这几句:

有些朋友,我已所剩不多,
即将辞世,而这些白鹭在雨中漫步
似乎死亡对它们毫无影响,或者它们像
突临的天使升起,飞行,然后又落下。

这是一种典型的老年的诗,诚恳、感伤又宽厚。值得注意的是,他在诗里写到了白鹭。他的整部诗集里总会有白鹭出现,有时是整整一组关于白鹭的诗,有时是一个用白鹭打的比方,有时只是一个形象,惊鸿一瞥,神龙不见首尾。这个白鹭,让人不由得想起史蒂文斯的乌鸫。白鹭和乌鸫凑成一对倒挺合适,你说呢?

它的象征性很强,既是生命,也是艺术。在沃尔科特那里,生活就是艺术,艺术就是生活,二者互相造就。

品读时间 | 最后，请读一读沃尔科特的组诗《白鹭》的第八首，并且思考一下：为什么说死亡对白鹭毫无影响？让我们一起品读。

白鹭·8

作者：德里克·沃尔科特
译者：程一身

圣诞周过了一半，我还不曾看见它们，
那些白鹭，没有人告诉我它们为什么消失了，
但此刻它们随这场雨返回，橙黄的喙，
粉红的腿，尖尖的头，回到草地上
过去它们常常在这里沐浴圣克鲁斯山谷
清澈无尽的雨丝，下雨时，雨珠不断落在
雪松上，直到它使旷野一片模糊。
这些白鹭拥有瀑布的颜色，云的
颜色。有些朋友，我已所剩不多，
即将辞世，而这些白鹭在雨中漫步
似乎死亡对它们毫无影响，或者它们像
突临的天使升起，飞行，然后又落下。
有时那些山峦就像朋友一样
自行缓缓消失了，而我高兴的是
此刻他们又回来了，像怀念，像祈祷。

小　结

诗歌，人生的镜像

　　感谢读者看完了最后一辑——"诗歌　人生的镜像"。本辑又介绍了六位诗人，他们分别是波兰诗人米沃什、英国诗人拉金、以色列诗人阿米亥、爱尔兰诗人希尼、俄裔美国诗人布罗茨基和圣卢西亚诗人沃尔科特。这六位诗人的诗歌共同揭示了一个真理：生活给了诗人最伟大的馈赠，生活本身就是诗歌最重要的主题和素材；而反过来，诗歌也成了人生的镜像。

　　说诗歌是人生的镜像，也就是说生活和诗密不可分，生活就是诗，诗就是生活。这可不是说绕口令，而是要厘清生活和诗的关系，也要避免一些常见的误解。比如说，"生活不只有眼前的苟且，还有诗和远方"这句话特别给力，不过也有个小毛病，就是把诗和生活对立起来了。生活怎么可能和诗对立呢？那不真成了空中楼阁了？！我们可以通过这几位诗人的诗来体会，生活和诗是怎么高度统一的。

　　现在，一个一个来总结。

米沃什的真诚

　　纵观波兰诗人米沃什的一生，经历非常丰富，堪称20世纪历史的一个缩影。他失去过故乡，经历过战争、屠杀和亲友的死亡，自我流放过，遭受过误解，感受过孤独、惶惑，以及面对时间的无能为力，也曾在晚年体悟到平静和满足。一句话，他见得太多了。生活在他的诗里就意味着对历史的见证。他的诗是对往事的追忆，是对人性的拷问，是对自我的反省，也是深深的思索过后最沉痛的追问："人是什么？人应该如何生活？"也就是说，人在时间中能不能获得拯救？因为这种追问太根本、太沉重了，直指生活的本质，所以米沃什在诗里很少靠技巧说话，因而非常朴素和有力。那人们能从他身上学习些什么呢？可以说是真诚、勇敢，并且尽可能地做好自己的分内之事。

拉金的平凡

拉金是英国20世纪后半叶最重要的诗人，不过他是一位写平凡的大师。他这人很有个性，主动选择从生活中退隐，一辈子平平淡淡，连国都没出过，到最后还拒绝了官方授予他的桂冠诗人的称号。他在诗里写的，就是平凡国家里的平凡生活、平凡生活里平凡的人，以及平凡的人的平凡感受。所谓平凡的国家，就是失去了全球霸主地位、回归普通的英国；所谓平凡的人，就是渺小、琐碎、平庸的英国人；所谓平凡的感受，就是面对生老病死的无助、无聊、沮丧和恐惧。一点儿都不崇高，是吧？可是他特别受欢迎，为什么呢？因为他的诗离大众很近，容易引起人们的共鸣，也会帮助人们更好地认识自己、认识生活。生活并不完美，特别不理想，但大家还是要勇敢地把它过下去，这就是拉金的忠告。

阿米亥的比喻

在以色列，阿米亥是当代最受爱戴的诗人。他的地位有多高呢？有个例子最能说明问题：中东战争爆发的时候，以色列大学生们接到征兵令，回宿舍准备上战场的必备品，除了枪和衣物，第三样就是阿米亥的诗集。他也当得起这样的厚爱，因为他在诗中把个人的经验和整个犹太民族的千年苦难史都结合起来了。他有两手绝活。一个是善于让时间变形，能够在他生活中各种时刻和场景里任意穿梭，并且把历史浓缩、定格为当下的一瞬间。另一个是善于比喻，让生活中平凡的事物在一瞬间焕发光彩。比如，他会把凉鞋比作鞋的骨骼，把两个在一起的恋人比作有用的剪刀。他这种对生活超强的观察力和领悟力，最值得大家学习。

希尼的亲情

把生活和诗结合得最紧密的是爱尔兰诗人希尼。紧密到什么程度？他的诗全部来源于他的生活。如果读者对他的生活经历有所了解，就会发现，几乎每一句诗都能找到出处。希尼是个农家子弟，其祖父和父亲都是务农的高手，于是他也受到激励，要像他们挖地一样挖掘生活，不过他用的是手中的钢笔。他挖掘得最多的是亲情，一辈子都在用诗回忆父母、妻儿、亲戚、朋友、邻居，满满的都是对亲人的深情眷恋。不过，简单地把他归类为农民诗人就错了，他还是一个知识超级渊博的人，诗歌技巧也十分高超，虽然看上去是在平实地叙述一些生活细节，却好像掌握了语言的炼金术，总能写出新意，写出思想和高度。对那些也想自己学着写诗的人来说，希尼的诗是最好的诗歌技艺的教科书。他教给我们的是：老老实实写你身边的生活，你就走了一条正路。

布罗茨基的胸怀

俄裔美国诗人布罗茨基拥有第一流的才华和学识，是个非常骄傲的人物，他的个人经历也最有传奇性。他15岁就自己选择了辍学，一直在社会底层生活，做过十几种工作，可以说是备尝生活的艰辛。他因为写诗遭到过审判，进过监狱，服过苦役，最后还被驱逐出境。但是最令人意外，也最令人敬佩的是，他在诗里写这些人生的磨难，写这些历史的荒诞，写这些粗暴地对待他的人时，却并没有摆出一副抱怨、控诉的姿态，没有一丝一毫的戾气。他把个人的悲欢放在时代的大背景下，站在历史的高度去看、去体会、去思索，而且特别善于让历史和现实在他的诗里碰撞、交织，发生复杂、深刻的化学变化。从他身上大家能学到的是，人可以恃才傲物，但胸襟却必须开阔。

沃尔科特的困惑

圣卢西亚诗人沃尔科特的生活是一种宿命，从根本上说是一种身份认同的尴尬。他是一个黑白混血儿，他的祖国曾经是英国的殖民地。所以，有三样东西是他最热爱的：一个是他的非洲血统，一个是他所使用的英语，一个是他生于斯长于斯的加勒比地区。他的诗写的就是这种困惑、纠结和精神分裂，但他把它们都写得非常美。他笔下的加勒比海岛生活是美的，尽管充斥着贫困和悲哀；他笔下的英语是美的，甚至比英国本土作家的英语还要繁复、还要优美；他笔下的黑美人是美的，让他激动地惊呼为"世界之光"。生活就是诗，展现生活的美就是诗的责任，这在沃尔科特身上体现得最充分。

结　语

　　本书的内容到这里就全部完结了，书中一共介绍了 30 位诗歌大师的人生故事、成就影响和写作特点，全景式地勾勒了一幅世界现代诗歌的版图。此外，本书还介绍了一些现代诗阅读欣赏和写作的方法。希望大家看完本书以后，能够有所收获、有所感悟，能够以一种全新的姿态，去真诚地面对诗歌、面对生活。

图书在版编目（CIP）数据

如何读懂·读不懂的现代诗 / 雷格著. -- 北京：北京联合出版公司，2025.2. -- ISBN 978-7-5596-8244-4

Ⅰ. I106.2

中国国家版本馆CIP数据核字第2025LL0147号

如何读懂·读不懂的现代诗

作　　者：雷　　格
出 品 人：赵红仕
责任编辑：夏应鹏
特约编辑：朱云潇
封面设计：波波鸟文化
内文排版：朱云波　贾　晶

北京联合出版公司出版
（北京市西城区德外大街83号楼9层　100088）
北京顶佳世纪印刷有限公司印刷　新华书店经销
字数160千字　880毫米×1230毫米　1/32　9印张
2025年2月第1版　2025年2月第1次印刷
ISBN 978-7-5596-8244-4
定价：59.80元

版权所有，侵权必究
未经书面许可，不得以任何方式转载、复制、翻印本书部分或全部内容。
本书若有质量问题，请与本公司图书销售中心联系调换。电话：（010）64258472-800

版权说明

收入本书译诗多数已获著作权人授权,但仍有少部分译者一时无法取得联系。敬请译者和著作权人予以谅解,并与我们联系(电话号码:6879 0087),以便我们奉致稿费和样书。